LES CHRONIQUES D'ELYSORIUM

Tome 1 : Les Arcanes de la Rose Noire

Olivier Elophe

*Je tiens à exprimer ma gratitude à Mnémosyne,
déesse de la mémoire et mère des Muses, pour
l'inspiration constante qu'elle m'a offerte
tout au long de la création de ce livre.*

CONTENTS

Title Page

Dedication

Introduction

Explorez Elysorium

Chapitre 1 : Le choix de la rose	1
Chapitre 2 : Le lys et la rose	17
Chapitre 3 : Les Ténèbres d'Elysorium	30
Chapitre 4 : La perle des Arcanes	38
Chapitre 5 : Une mission importante	50
Chapitre 6 : L'épreuve	74
Chapitre 7 : Destins croisés	87
Chapitre 8 : La furie dorée	95
Chapitre 9 : La cité des mages	108
Chapitre 10 : La cité du Soleil	119
Chapitre 11 : L'ange et le colosse	138
Chapitre 12 : L'Emprise de l'Abîme	152

Chapitre 13 : Confrontation	171
Chapitre 14: Epilogue	184
Les Chroniques d'Elysorium	195

INTRODUCTION

* * *

Bienvenue dans le premier tome des chroniques d'Elysorium, un monde façonné par la magie et les mythes, où les destinées s'entremêlent dans le grand tissage du temps. Ce n'est que le début d'un voyage qui vous emportera à travers des contrées aussi diverses que captivantes, de l'impénétrable jungle de Stellarae, au sud, aux sommets enneigés de Frostend, au nord, de la luxuriante capitale Valoria aux cités-états scintillantes sous le soleil de Maridora.

Chaque personnage que vous croiserez a sa propre histoire, ses secrets enfouis et ses aspirations profondes. Des mages, dont les pouvoirs immenses tissent la trame des intrigues, aux guerriers dont la force légendaire façonne l'histoire à coups d'épée, l'éventail des âmes que vous rencontrerez est vaste et varié. Parmi ces éminents acteurs de la puissance et de la ruse, s'élèvent aussi les paladins et les assassins, qui, chacun à leur manière, tissent les fils du destin d'Elysorium. Les paladins, figures épiques de vertu, se dressent comme des bastions contre les forces des ténèbres, tandis que les assassins, maîtres de l'ombre, agissent là où la lumière s'efface. Et au-delà de ces sentiers bien foulés, découvrez une multitude d'autres classes de personnages, chacune avec ses compétences uniques et son rôle à jouer dans le vaste théâtre d'Elysorium.

Ici, les échos de la magie ancienne résonnent dans les vallées profondes et les ruines oubliées attendent ceux qui osent percer leurs secrets. Les mers et les montagnes d'Elysorium sont plus que de simples étendues géographiques ; elles sont le cœur battant d'un monde vivant, abritant des peuples et des créatures dont les récits se croisent sous le regard des dieux eux-mêmes.

Votre immersion dans Elysorium est une épopée où chaque révélation s'épanouit en énigme, où chaque clé déverrouillée révèle des portes cachées. Laissez-vous guider par les murmures des flots de la mer Icarion et plantez vos racines dans l'érudition éternelle de Seranthea. Chaque chapitre dévoile un horizon nouveau, une convocation à l'émerveillement et à la contemplation.

Dans ce récit, la résolution d'un mystère n'est que la naissance d'un autre, chaque vérité découverte tisse les prémices d'un secret plus profond. L'aventure qui se déplie devant vous est une toile complexe où la lumière de chaque énigme résolue ne fait que projeter de nouvelles ombres sur des mystères encore à effleurer.

Embarquez dans cette saga épique où la résolution de chaque intrigue est le prélude à un mystère plus grand. Ici, au cœur du monde d'Elysorium, chaque fin n'est qu'un nouveau commencement, chaque dénouement ouvre la voie à des légendes inexplorées. Que votre voyage soit peuplé de révélations exaltantes et de mystères captivants, car ici, chaque conte façonne l'aube de nouvelles aventures magnifiques.

EXPLOREZ ELYSORIUM

* * *

Pour une immersion encore plus profonde dans le monde de "Les Chroniques d'Elysorium", scannez le QR code ci-dessous pour découvrir la carte d'Elysorium. Voyagez à travers les terres connues et mystérieuses que nos héros parcourent dans leurs aventures épiques.

CHAPITRE 1 : LE CHOIX DE LA ROSE

Prologue: Valoria

Perchée telle une couronne au cœur des Terres Fécondes d'Elysorium, Valoria, majestueuse capitale, s'élève là où les songes des poètes et les ambitions des rois prennent vie. Carrefour de civilisations, elle est un nid d'aigle offrant une vue embrassant l'ensemble du royaume d'Elysorium, dominant la région de Thorneira. Bordée à l'ouest par les doux murmures de la Forêt de Verdania et à l'est par les vagues paisibles de la baie des Anges, Valoria est le joyau scintillant de ce monde, synthèse d'une histoire riche et d'une destinée grandiose.

En approchant de la cité, le voyageur est d'abord accueilli par les Champs Verdoyants de Valoria, des étendues agricoles enveloppant la ville tel un manteau verdâtre, parsemé de touches dorées où l'orge et le blé ondulent sous la caresse du vent. C'est ici que le cœur battant de la cité puise sa vie, nourri par les récoltes et par les rivières sinueuses serpentant à travers les prairies.

Les murs de Valoria, érigés par les anciens et fortifiés par le temps, s'élèvent tels des géants de pierre, témoins muets des siècles passés. Ils racontent des histoires de sièges, de triomphes et de déchirements, veillant inlassablement sur les trésors qu'ils protègent. L'entrée principale, la Porte de l'Aurore, invite à la découverte, avec ses battants gravés d'histoires de dragons et de divinités, reflétant la splendeur et la puissance de Valoria.

À l'intérieur de ses murs, la cité est un labyrinthe vivant, un kaléidoscope d'activités. Chaque ruelle pavée, chaque place et marché bourdonnent de vie. Les marchés de Valoria, capharnaüms colorés, offrent un mélange des épices de Maridora, des étoffes de Silvaria et des métaux rares de Frostend. Les cris des marchands, l'éclat des rires et le son des transactions contribuent à la symphonie quotidienne de la cité.

La Place Centrale, cœur battant de Valoria, est un spectacle à part entière. Là se tiennent les célèbres débats où érudits et philosophes de Seranthea et de Stellarae disputent sur la nature de la réalité et des étoiles. Les fontaines, sculptées à l'image des déesses d'Elysorium, laissent couler une eau cristalline, offrant une mélodie apaisante qui contraste avec l'effervescence ambiante.

Au centre de Valoria s'élève la Cité Haute, un

ensemble de palais et de jardins suspendus où réside la noblesse. Là, les tours de guet et les palais aux toits d'or et d'ardoise scintillent sous le soleil, offrant un spectacle enchanteur à tout nouvel arrivant. La nuit, la cité se métamorphose en une constellation terrestre, éclairée par des milliers de lanternes et de torches qui dessinent les contours d'un monde onirique.

Et au-dessus de tout, trône le Palais de la Reine, un chef-d'œuvre architectural semblant toucher le ciel lui-même. Avec ses spires élancées et ses dômes opulents, il symbolise la grandeur de Valoria, lieu où se prennent les décisions façonnant le destin d'Elysorium.

Cependant, Valoria n'est pas que splendeur et lumière. Alors que la ville haute scintille sous le firmament, baignée dans la lumière dorée de ses tours et de ses palais, les docks et les bas quartiers offrent un contraste saisissant, un enchevêtrement d'ombres et de mystères où chaque ruelle raconte une histoire plus sombre.

Dans les bas-fonds, les bâtisses s'entassent, formant un labyrinthe de rues étroites et tortueuses. Les pavés, usés par les pas de milliers de vies, abritent les voix des marginaux, des réfugiés, des non-humains luttant pour trouver leur place dans un monde peu clément.

Les quais, battus par les vents marins, bruissent

de l'activité incessante des marchands, marins et contrebandiers. Des nains robustes déchargent les cargaisons, témoignant d'une force forgée dans les entrailles de la terre, tandis que des elfes aux oreilles effilées et aux yeux emplis de sagesse millénaire déambulent avec grâce, leurs murmures se perdant dans le brouhaha ambiant.

Les tavernes, éparpillées dans les ruelles, sont des havres de vie. Leurs enseignes grincent au vent, invitant les âmes fatiguées à se réfugier dans leurs entrailles enfumées. À l'intérieur, rires, joutes verbales, chansons et histoires s'entremêlent en une étoffe complexe.

Dans les coins sombres, à l'abri des regards, se négocient des objets de provenance douteuse. Ces trésors illusoires changent de mains rapidement, les échanges chuchotés se fondant dans l'air chargé d'histoires non dites.

Mais malgré sa rugosité, ce monde souterrain possède une beauté brute, un éclat sombre différent de celui de la ville haute. C'est un lieu où la survie côtoie le rêve, où chaque sourire cache une histoire, et chaque regard reflète un désir ardent de vivre pleinement, malgré les épreuves.

Dans ces quartiers moins lumineux du joyau qu'est la ville, la vie s'écoule avec une intensité fiévreuse, un mélange de désespoir et d'espoir, de danger et de promesse. C'est un endroit où tout est possible, où chaque rencontre peut changer une vie, et où chaque pas peut mener soit vers une chute vertigineuse, soit vers des sommets inattendus.

Et ainsi, dans l'ombre des magnifiques tours de la ville, bat le cœur véritable de la cité, animé par la force indomptable de ceux qui marchent dans l'obscurité, leurs yeux fixés sur les étoiles cachées derrière les voiles de la nuit.

Valoria est donc cette mosaïque vivante, un microcosme d'Elysorium dans toute sa gloire et sa complexité. C'est une ville où chaque rêve peut s'épanouir, où chaque espoir peut prendre racine, et où les fils du destin sont aussi divers que les étoiles dans le ciel nocturne infini d'Elysorium.

* * *

Les Épines De La Rose

Dans les tréfonds de la nuit enveloppant Valoria, où seules les lueurs blafardes des lanternes oscillantes percent l'obscurité, les murmures d'une ville éternellement éveillée flottent dans l'air. Sur les pavés usés de la capitale, les ombres dansent, tissant des histoires anciennes et nouvelles. Parmi elles se meut une silhouette, aussi silencieuse qu'un secret enfoui, aussi mortelle qu'un murmure de vérité oubliée. Iris Blackthorn, surnommée la Rose Noire, avance avec une assurance discrète, le capuchon de sa cape jetant un voile sur un visage marqué par la détermination et les secrets qu'elle porte. Dans sa main gantée, une unique rose d'ébène, aussi sombre que la mission qui lui a été confiée. Cette rose est un présage, une annonce de mort pour ceux qui la reçoivent, et ce soir, elle doit trouver sa place sous la porte d'une demeure cossue, celle d'une prêtresse dont le destin a été scellé par des puissances jouant avec la vie et la mort.

Valoria, un labyrinthe de lumière et d'ombres, semble retenir son souffle alors qu'Iris traverse le quartier des nobles, un lieu où la richesse et la puissance masquent à peine la corruption et les conspirations qui fermentent sous leurs façades opulentes. Elle connaît ces rues comme les lignes de sa main, chaque recoin, chaque cachette, chaque murmure porté par le vent. Le chemin vers la demeure de la prêtresse est semé de périls, car la nuit appartient autant aux voleurs et aux bandits qu'aux créatures de l'ombre qui s'épanouissent dans l'obscurité. Mais Iris ne craint ni les hommes ni les monstres ; elle est un danger bien plus grand, une force que même les ténèbres respectent.

Arrivée à destination, elle se glisse telle une ombre parmi les ombres, son regard acéré scrutant les environs avant de déposer la rose noire, son empreinte, son avertissement, sous la porte de bois massif. C'est un signal que la prêtresse ne verra que lorsqu'il sera trop tard, un dernier cadeau d'une existence qui sera bientôt fauchée. L'acte accompli, Iris se retire dans l'obscurité, patiente et immobile. Elle attend le moment propice pour entrer et terminer sa mission. Mais ce soir, le destin a tissé une trame différente, et ce qui devait être un acte de mort pourrait bien se transformer en un chemin vers la vérité. Dans l'antre de la nuit, la Rose Noire commence à douter, car chaque fleur, même la plus sombre, aspire à la lumière....

Ce murmure de sagesse ancienne, tel un écho lointain, s'insinue dans l'esprit d'Iris Blackthorn alors qu'elle se fond à nouveau dans l'ombre. C'était une leçon de ses premiers jours au sein de la secte des Roses Noires, une maxime répétée avec la rigueur des lames qu'elle apprenait à manier. "Même dans la plus profonde obscurité, Iris, une rose doit chercher la lumière", lui enseignait Maître Kali, sa voix aussi tranchante que ses yeux étaient doux. "C'est dans cette quête que réside ta force, pas dans l'étreinte de l'ombre." Elle se souvenait de la salle d'entraînement, des murs tapissés de roses noires desséchées, de leurs épines aussi acérées que les dagues qu'on lui mettait entre les mains. "La lumière n'est pas seulement ce qui te révèle, enfant", disait Kali en la guidant à travers les mouvements de l'ombre, "c'est ce qui te définit."

Iris apprenait à danser avec les ténèbres, à se mouvoir en silence, mais aussi à comprendre que chaque acte d'obscurité devait être contrebalancé par un fil de lumière, si fin soit-il. On lui avait appris à tuer, oui, mais on lui avait aussi enseigné le poids de la vie. "Chaque souffle que tu éteins est un écho dans l'éternité", chuchotait la prêtresse de la secte, ses mains froides comme la mort posées sur les épaules d'Iris. "Ne prends jamais la mort à la légère, car chaque vie est un fil dans la tapisserie du monde. Rompre un fil peut défaire des nations, en tisser un nouveau peut construire des dynasties."

Ces leçons façonnaient Iris, la forgeaient en une arme, mais lui donnaient aussi une perspective que peu d'assassins possédaient. Dans chaque cible, elle voyait non seulement une mission, mais aussi un questionnement, une réflexion sur le rôle qu'elle jouait dans le grand schéma du destin.

* * *

Les Racines De La Rose

Alors que la lune atteint son zénith, jetant une lumière argentée sur les toits de Valoria, Iris s'avance vers la demeure de la prêtresse, prête à exécuter le contrat liant sa vie à la mort d'une autre. Contre toute attente, la porte s'ouvre avant qu'elle ne touche la poignée. Devant elle se tient la prêtresse, d'une beauté sereine, ses yeux brillants d'une lumière semblant défier la fatalité de la situation.

"Je sais qui tu es, Rose Noire", dit la prêtresse d'une voix empreinte de mélancolie résignée. "Je connais le sens de la fleur que tu as déposée à mon seuil. Mais comprends-tu vraiment qui tu es ? Sais-tu ce qui est arrivé à ta mère, la véritable raison pour laquelle tu as été choisie par la secte ?"

Iris, habituellement l'ombre qui surprend, se retrouve déconcertée. Elle dissimule son trouble, mais son esprit est en ébullition. Comment cette prêtresse peut-elle connaître ces détails de sa vie, même inconnus d'elle-même ? L'instinct lui crie de fuir, mais la curiosité et un désir inexploré de vérité la retiennent.

"Parle, prêtresse. Choisis avec soin les mots qui pourraient être tes derniers", exige Iris, les yeux emplis d'une intensité froide.

La prêtresse, le regard fixe et la voix empreinte de gravité, répond : "Écoute attentivement les secrets que je vais te révéler sur ton passé. Puis, en ton âme et conscience, décide qui mérite de vivre... et qui doit être condamné à la mort."

"Je connaissais ta mère, Iris", commence la

prêtresse, ses yeux scrutant l'âme de l'assassin avec une intensité troublante. "Elle était une héroïne, une gardienne intrépide déterminée à contrecarrer le retour du Dragon Noir, cette bête des légendes anciennes menaçant de consumer notre monde en cendres."

La prêtresse fait une pause, laissant ses mots s'insinuer dans l'esprit d'Iris. "Ta mère, une mage de lumière exceptionnelle, avait consacré sa vie à la lutte contre les forces des ténèbres. Elle savait que le Dragon Noir n'était pas qu'une simple histoire pour effrayer les enfants ; c'était une réalité, une entité ancienne et malveillante, enchaînée dans les tréfonds d'une Terre de Feu, quelque part dans Elysorium."

"Elle avait découvert une prophétie, une prédiction selon laquelle le Dragon serait libéré par la main d'un nécromancien aveuglé par le pouvoir. Elle a lutté avec acharnement pour empêcher que cette sombre époque ne se réalise, pour garder l'entité à l'écart de ceux qui souhaitaient exploiter sa puissance dévastatrice."

Iris écoutait, chaque mot réveillant en elle des souvenirs lointains, des images d'une mère qu'elle n'avait jamais vraiment connue. "Mais sa lutte l'a mise en danger, Iris. Elle est devenue la cible de ceux qui avaient soif de pouvoir, y compris au sein de notre propre cité. Elle a été trahie par ceux en qui elle avait confiance, ceux qui ont vu en elle et en ses connaissances une menace à leurs ambitions."

"Ta mère a disparu avant que tu ne sois confiée à la secte des Roses Noires. Sa disparition n'était pas un accident. C'était un assassinat maquillé en un banal crime crapuleux, conçu pour semer le chaos et pour dissimuler la vérité. Elle voulait que tu sois protégée de ces machinations, que tu vives loin du danger. Mais même dans ses derniers moments, elle a lutté pour que la vérité ne périsse pas avec elle."

Le cœur d'Iris battait à tout rompre, une tempête de rage et de chagrin se déchaînant en elle. "Et maintenant, Iris, tu te tiens à la croisée des chemins. Tu peux choisir de suivre les traces de ta mère, de combattre pour la lumière dans ce monde plongé dans l'ombre, ou continuer sur la voie tracée pour toi, une voie teintée du sang de l'innocence."

La prêtresse s'approcha, posant une main sur l'épaule d'Iris. "La secte des Roses Noires t'a formée pour être leur arme, mais le sang de ta mère coule dans tes veines. C'est à toi de décider si tu seras l'instrument de la mort ou la porteuse d'un nouvel aube pour Elysorium."

Iris écoutait, chaque mot révélant les mensonges qui avaient été son seul réconfort. La prêtresse lui offrait un choix : rester l'instrument de ceux qui avaient détruit sa famille, ou chercher la vérité pour trouver rédemption et vengeance. Elle conseilla à Iris de se rendre au domaine des mages pour des réponses. Confrontée à ces révélations, Iris se retrouvait face à un inconnu terrifiant mais nécessaire.

Toutefois, la méfiance luisait dans son regard lorsqu'elle saisit sa lame noire, enduite du venin mortel des scorpions du désert. "Tu mens", dit-elle, sa voix chargée de suspicion. Au fond, elle savait que la vérité était là, mais son esprit refusait de l'accepter, un dernier sursaut de déni face à une réalité trop douloureuse.

La prêtresse, la voix teintée de panique, répliqua : "Attends... Trouve l'archimage Valerius à Seranthea. Il a connu ta mère. Il connaît l'endroit où se cache ta sœur." Ces mots provoquèrent un vertige chez Iris, éveillant des souvenirs enfouis. "Ma sœur..." Cette révélation ébranla l'armure mentale forgée par les Roses Noires.

Perdue dans un tourbillon de pensées et d'émotions, Iris était désemparée, confrontée à une vérité qu'elle n'était pas sûre de pouvoir affronter. Les paroles de la prêtresse résonnaient avec les enseignements de Kali, son maître. Les révélations se déversaient en elle, libératrices et bouleversantes. La Rose Noire, symbole de son allégeance, se flétrissait dans sa main, tandis qu'une nouvelle détermination prenait racine.

La décision était prise. Il était temps pour Iris de quitter les Roses Noires, de tourner le dos à l'ordre qui avait façonné sa vie, car les liens qui l'y retenaient étaient désormais aussi éphémères que la brume matinale. La quête de vérité l'appelait, un appel aussi irrésistible que le chant d'une sirène pour les marins perdus en mer. Elle devait partir sans tarder, car ne pas mener à bien sa mission la mettait en danger – les Roses Noires ne toléraient ni l'échec, ni la trahison.

Avec la lune comme unique témoin, Iris se mit en route vers le sud, en direction de Seranthea en Etheal, où les mages détenaient les clés pour démêler l'écheveau de son existence. La route serait longue et semée d'obstacles. Elle traverserait des vallées verdoyantes, des cols montagneux, et des villages éparpillés, où les récits des voyageurs se croisent et se perdent.

La nuit enveloppait Iris dans son manteau d'obscurité, transformant ses mouvements en une ombre silencieuse qui traversait Valoria. Chaque pas était un acte de rébellion contre l'obscurité qu'elle avait jadis embrassée. Son allure était celle d'une prédatrice, mais son cœur battait au rythme d'une guerrière en quête de rédemption.

Avant de quitter la ville, Iris fit un détour par sa cachette secrète, un repaire connu d'elle seule, dissimulé dans les interstices oubliés de Valoria. Là, elle rassembla rapidement le nécessaire pour son voyage - rations, eau, bandages, et ses armes fidèles. Chaque objet était choisi pour sa fonctionnalité et son poids minimal, car la vitesse et l'agilité seraient ses alliées dans la quête qui l'attendait.

Alors qu'elle quittait la ville par la porte sud, les marchands matinaux commençaient déjà à installer leurs étales, créant une mosaïque de couleurs et de sons qui s'éveillait sous les premiers rayons du soleil. Iris traversait ce tableau vivant, une silhouette solitaire se détachant sur fond d'agitation matinale.

Les étoiles, compagnes silencieuses de la nuit, commençaient à pâlir face à l'assaut de l'aube. Elles semblaient tracer une voie céleste, une carte lumineuse vers un avenir plein de promesses et de mystères.

Les premières lueurs de l'aube peignaient le ciel d'un bleu tendre, annonçant la fin d'une ère d'ombres et de secrets. Les forêts de Thorneira, s'étendant à l'horizon, s'éveillaient doucement ; les chants des oiseaux saluaient la nouvelle journée, insouciants des tourments d'une âme en quête de vérité et de liberté.

Iris ne portait sur elle que l'essentiel, refusant de se laisser alourdir par des fardeaux inutiles. Elle ne regardait pas en arrière, consciente que chaque instant perdu pouvait signifier son anéantissement. Avançant seule, mais avec la conviction que sur la route de Seranthea, le destin lui réservait de nouvelles rencontres, des alliés potentiels, des adversaires, des épreuves et des triomphes. C'était le début d'un nouveau chapitre, l'envol d'une âme vers son destin, aussi incertain et magnifique que l'aube qui se levait devant elle.

Elle savait que la route vers Etheal serait semée de périls, mais aussi de découvertes. Elle y rencontrerait des mages érudits, des gardiens de secrets ancestraux et des créatures nées de la magie pure. Iris était prête à apprendre, à combattre et à grandir. Elle était prête à se transformer.

La Rose Noire avait quitté Valoria, mais celle qui marchait désormais sur le chemin sinueux n'était plus la même. Devenue Iris Blackthorn, fille d'une mage de lumière, guerrière d'une prophétie oubliée, elle cherchait son chemin entre lumière et obscurité. Le soleil naissant jetait sur elle une lumière dorée, révélant le vaste monde d'Elysorium qui s'étendait devant elle, riche de mystères et de promesses.

Approchant du pont des légendes, Iris sentit qu'il était temps de confronter celui qui la suivait depuis la sortie de la cité. Une assassin comme elle ne pouvait être traquée aussi aisément. D'un pas décidé, elle se dirigea vers un endroit propice à une confrontation, son instinct d'assassin aiguisé par les ombres du passé et la menace de l'inconnu.

* * *

CHAPITRE 2 : LE LYS ET LA ROSE

La Rencontre

Les aurores de Valoria baignaient les pavés de la cité d'une douce lumière d'améthyste, annonçant un nouveau jour. Diane, l'héritière au cœur vaillant, voyait dans l'aube le fardeau d'une quête pressante et le frisson de l'aventure clandestine. Capuche tirée sur sa chevelure d'or, elle se fondait dans la foule, un murmure parmi les chuchotements du jour naissant. Sa beauté, même voilée, était un flambeau dans la brume, attirant les regards comme la lune attire les marées. Mais Diane cherchait la liberté et la vérité, éclipsées par les ombres d'un complot royal.

Les lueurs naissantes de Valoria se métamorphosaient en un voile d'opale, drapant les rues de mystère et de promesse. Pour Diane, chaque aube était un hymne à la bravoure, une mélodie douce-amère mêlée d'espoir et d'inquiétude. Sous sa capuche, sa beauté royale brillait comme une lueur vacillante dans la brume matinale. Sa quête de vérité et de liberté, telle une flamme rebelle, refusait d'être étouffée par les ténèbres d'une conspiration enveloppant le trône de Valoria.

Aux confins de la cité, Diane parvenait à la porte sud. Là, elle s'arrêtait un instant, son regard caressant les silhouettes des bâtisses endormies, emportant avec elle le souvenir de chaque pierre et de chaque ruelle. C'est là, dans cette contemplation silencieuse, qu'une autre figure se dessinait à l'horizon, capturant l'attention de la princesse avec une élégance presque irréelle.

La silhouette se mouvait avec une aisance qui défiait le murmure des brises, chaque geste empreint d'une grâce sauvage et d'une fluidité trahissant une maîtrise parfaite du corps et de l'espace. Diane, à l'esprit affûté, savait qu'une telle démarche n'appartenait qu'à ceux qui avaient épousé l'errance, à ceux dont les yeux avaient appris à lire les secrets des bois et des plaines. Sans un bruit, sans hésitation, elle décida de suivre cette danse silencieuse, mue par une intuition lui soufflant que cette inconnue pourrait être la clé de son périple incertain.

Ce que Diane ignorait, c'était que l'inconnue n'était autre qu'Iris, dont la réputation dépassait celle d'une simple voyageuse. Elle était une ombre parmi les vivants, un murmure qui éteignait les chandelles de l'existence. La grâce qu'elle admirait tant était forgée dans les flammes d'un destin bien différent, celui d'une lame affilée cherchant la vérité dans l'obscurité des âmes.

Dans le tableau de l'aurore, les destins de la rose et du lys étaient sur le point de s'entrelacer. Leurs chemins prêts à converger dans une danse délicate de circonstances et de choix. Dans ce ballet silencieux, la princesse rebelle s'engageait à la suite de l'assassine, ignorant que le prochain pas pourrait être le dernier.

L'embuscade fut un murmure de vent, une ombre qui se détachait des autres. Diane se retrouva face à face avec l'incarnation de son propre désir d'aventure, une lame froide et une question muette planant entre elles. Mais lorsque la capuche tomba, révélant le visage angélique de la princesse, le temps sembla suspendre son vol. L'épée d'Iris chancela, tandis que les yeux bleus de Diane reflétaient l'espoir et l'urgence.

Iris, baissant son arme, l'œil méfiant, demanda : "Qu'est-ce qui pousse une princesse à quitter la sécurité de ses murs, seule et sans escorte ?" Diane, répondant avec une vulnérabilité résolue : "Je fuis une toile tissée de mensonges et de sortilèges. Ma mère, la reine, est prisonnière d'une illusion. J'ai besoin de me rendre à la cité des mages, car seul leur savoir peut lever le voile qui a aveuglé le trône."

Iris, avec un sourire en coin, rétorqua : "Et pourquoi me suivre ainsi, aussi peu discrètement ?"

CHAPITRE 2 : LE LYS ET LA ROSE | 21

Sa question, teintée d'amusement, trahissait une sécurité face à la maladresse de Diane. Cette dernière, reconnaissant le sarcasme, répondit : "Dès que je t'ai vue, j'ai su que tu étais différente. Et qui de mieux pour tracer le chemin le plus sûr jusqu'à la prochaine auberge ? J'ai pensé que te suivre serait mon meilleur atout."

Iris, observant attentivement la princesse, dit : "Va pour la prochaine auberge. J'accepte de jouer le rôle de ton épée, princesse, jusqu'à notre prochain arrêt." Son sourire se fit plus sérieux : "Quant à moi, je cherche également des réponses à la cité des mages. Mais contrairement à vous, je ne vais pas là-bas pour restaurer l'ordre, mais pour trancher les liens d'un passé qui me poursuit."

Diane, souriant avec gratitude : "Ton épée et ton courage sont ce dont j'ai besoin. Mais ne pense pas que je te demande de porter seule le poids de notre voyage. Je suis peut-être sans armure, mais mes mots et ma connaissance des terres de l'empire valent leur pesant d'or. Chaque cité, chaque village, je les connais comme la paume de ma main."

ris, évaluant non seulement la proposition mais aussi la princesse elle-même : "Alors, nous unirions nos forces... Toi, la diplomate et négociante, moi, le bras armé de notre duo improbable." Diane hocha la tête, une détermination nouvelle brillant dans son regard.

Diane : "Ensemble, nous sommes plus fortes. Plus aptes à déjouer les dangers et à déchiffrer les énigmes qui nous attendent." Iris, un sourire énigmatique jouant sur ses lèvres : "J'accepte, non pour la promesse d'une alliance fructueuse, mais parce que je vois en toi un éclat... un éclat qui pourrait bien éclairer les ombres de nos chemins respectifs."

La décision était prise, scellant leur destin commun. Dans les profondeurs de l'esprit d'Iris, c'était la beauté indéniable de Diane, une beauté non pas superficielle, mais celle qui émanait de son esprit et de son cœur, qui avait influencé son jugement. Tandis qu'elles se préparaient à marcher côte à côte, Iris se promit de veiller sur ce partenariat naissant, curieuse de voir comment la princesse prouverait sa valeur dans l'arène du monde réel.

Une alliance se forgeait dans le secret de l'aurore, un pacte silencieux entre la noble fugitive et la guerrière solitaire. Ensemble, elles prendraient la route du sud, complices dans la quête de vérité, liées par le destin et une confiance naissante. Au moins jusqu'à la prochaine auberge.

Et ainsi commença leur voyage, à l'ombre des arbres de Valoria, sous le regard bienveillant des statues des anciens héros, sur le pont des légendes, témoins de l'alliance de deux âmes vaillantes.

* * *

En Route Pour Valdor !

Le dialogue entre Diane et Iris reprit alors que les ombres matinales s'allongeaient sur les sentiers encore frais de la rosée du matin. Iris, l'œil scrutant l'horizon lointain, demanda : "Alors, princesse omnisciente, quel chemin est prévu par votre sagacité pour rejoindre Seranthea ? À travers le bourbier des marais d'Aboreus, peut-être, ou en escaladant les pics impitoyables des monts Tianzi ?"

Diane, dépliant une carte imaginaire devant ses yeux, répondit : "Normalement, la mer de Valoria aurait été notre voie, mais Lysandra Thorne a bloqué les ports. Même les goélands se détournent de leurs eaux." Elle marqua une pause, réfléchissant aux itinéraires possibles. "Le plus sensé serait de gagner Valdor sur les rives du lac azuré. C'est un village niché dans les collines, où les eaux claires pourront nous offrir répit et ressources. Là, nous pourrions nous ravitailler et peut-être recruter un mercenaire ou deux, avant de traverser les steppes pourpres."

Iris écouta avec un sourire en coin adoucissant ses traits habituellement sévères. "Trois jours de marche, dis-tu ? Il semble que je doive me reposer sur la connaissance d'une princesse. Tu es plus qu'une simple compagne de voyage couronnable."

Diane, riant légèrement, répliqua : "Je te l'avais bien dit, Iris. Je ne suis pas sans atouts. Et à Valdor, ils ont le meilleur hydromel et des lits confortables." Iris hocha la tête, impressionnée malgré elle : "Alors en route pour Valdor. Pour l'hydromel, les lits... et peut-être un mercenaire ou deux."

Un accord tacite semblait s'être tissé entre elles, étendant leur aventure partagée au-delà des murs de la première auberge. Leur dialogue résonnait avec la promesse d'un partenariat équilibré, de défis à surmonter et d'aventures à venir.

Elles se mirent en marche, laissant derrière elles Valoria pour se jeter dans les bras de l'inconnu. Leurs silhouettes tranchaient l'horizon alors qu'elles suivaient le chemin sinueux vers Valdor. La première journée de marche les enveloppa dans un manteau de verdure; les arbres formaient un tunnel vivant sous lequel elles avançaient. Iris, habituée à la rudesse des éléments, marchait avec assurance, tandis que Diane, malgré son inexpérience, faisait preuve d'endurance et de détermination.

La nuit venue, elles montèrent un camp sous un ciel étoilé. Diane lutta pour installer sa couche, un sourire amusé naissant sur les lèvres d'Iris, qui se changea rapidement en conseils pratiques. Un feu crépitait bientôt, réchauffant leurs corps et leurs cœurs. Diane tenta de préparer un repas de voyage, avec des résultats comiques mais mangés avec gratitude. Leurs différences se révélaient dans ces gestes simples, mais un respect mutuel commençait à tisser un lien solide entre elles.

Le deuxième jour, elles traversèrent des champs aux blés ondoyants, Diane partageant des histoires de chaque bourgade et ruisseau rencontrés, tandis qu'Iris écoutait, s'ouvrant à un monde qu'elle avait souvent négligé. Le soir, elles partagèrent des récits de leurs vies, trouvant dans la symphonie des grillons et le craquement du bois une mélodie pour leurs propres légendes en devenir.

Au troisième jour, l'aube les trouva déjà en chemin, le soleil levant peignant le monde de couleurs chaudes et d'or. Les rires partagés, que ce soit suite à une chute malencontreuse de Diane ou à une grimace d'Iris face à la douceur d'une baie sauvage, devinrent les notes légères de leur voyage. Parfois, des affinités mystérieuses se tissent, créant l'illusion de se connaître depuis toujours après seulement quelques heures partagées. Voici deux âmes que tout semblait opposer, deux destins qui n'auraient jamais dû se croiser, et pourtant, un destin commun les avait réunies, tissant entre elles les fils d'une amitié inattendue.

* * *

Les Secrets

Alors qu'elles se rapprochaient de Valdor, Diane et Iris cheminaient sous un ciel serein, leur dialogue gagnant en aisance. Diane, rêveuse, suggéra : "Normalement, un groupe d'aventuriers parfait inclurait aussi un mage, un guerrier et un prêtre guérisseur. Avec cela, traverser les steppes pourpres serait un jeu d'enfant." Iris, sceptique, rétorqua : "Un guerrier, certes. Mais un mage et un prêtre dans cette auberge ? Cela me semble improbable. Et je me méfie des mages."

Diane, avec un rire cristallin, répondit : "Je n'aurais jamais pensé qu'une rodeuse puisse être aussi méfiante. Tu as l'air d'une rodeuse paranoïaque, surtout quand tu te méfies même des lapins nocturnes." Iris, un sourire furtif éclairant son visage, dit : "Je suis comme ça. Entre vivre et mourir, parfois il n'y a qu'une seconde."

Leur conversation fut interrompue par deux individus louches, vêtus d'armures légères. L'un d'eux, arrogant, bloqua leur chemin. "Que font deux charmantes demoiselles seules sur cette route ? Ce n'est guère prudent. Laissez-nous vous apprendre à faire connaissance." Avant que Diane ne puisse répliquer, Iris avait déjà sa lame sous la gorge du malappris, son regard glacial transperçant son âme. "Ces jolies femmes peuvent faire perdre la tête... La prochaine fois que nous nous croiserons, c'est sans doute ce qui arrivera." Les deux hommes s'enfuirent, l'un d'eux laissant une trace visible de sa peur.

Diane, le souffle court, s'exclama : "Iris, parfois tu peux être effrayante ! As-tu déjà réglé un problème autrement qu'en plaçant ta lame sous la gorge de quelqu'un ?" Iris, simplement : "Non."

Diane, avec un frisson dans la voix, décida alors de se confier à Iris. "Puisque nous abordons la question de la violence, il est temps que je te confie quelque chose sur mon départ précipité." Elle sortit de son sac une rose noire, symbole inquiétant et mystérieux. "Tu sais ce que c'est, n'est-ce pas ? Tout le monde connaît sa signification..."

Iris, son regard s'assombrissant, répondit : "Le destin est joueur... Diane, il y a aussi quelque chose que tu dois savoir. Tu ne voyages pas avec une simple rodeuse, mais avec Iris Blackthorn, la

'Shadowdancer', membre d'élite des Roses Noires jusqu'à il y a trois jours. J'ai décidé de fuir, de fuir la mort. Simplement, je fuis pour ne plus la donner."

La révélation fit frémir Diane. La Shadowdancer, une légende parmi les assassins, voyageait à ses côtés. Elle se rappela les mots de la commandante Thorne : "Shadowdancer, quelle perte pour les Roses Noires d'avoir une combattante si agile. Elle aurait sa place dans mes unités d'élite."

Iris partagea alors avec Diane l'histoire de sa vie volée, de son enfance arrachée pour servir une organisation impitoyable. Diane, écoutant avec compassion et étonnement, ressentit un lien encore plus fort se nouer entre elles.

Le soleil commençait à décliner alors qu'elles approchaient de Valdor, chacune portant désormais le secret de l'autre. Ensemble, elles avancèrent vers le village, unies par une confiance nouvelle et une compréhension mutuelle approfondie, prêtes à affronter les défis et les mystères que l'avenir leur réservait.

Les visages marqués par le vent et le soleil, elles s'approchèrent des lumières accueillantes de l'auberge, prêtes à savourer le repos bien mérité. Ce périple avait été un temps de découverte mutuelle, où la princesse et l'assassine avaient appris à voir au-delà des titres et des masques, trouvant dans leur diversité une force commune, et dans leur union, un avant-goût de ce que pourrait être une véritable alliance.

* * *

CHAPITRE 3 : LES TÉNÈBRES D'ELYSORIUM

Naragath

À plusieurs dizaines de journées de voyage de Valdor, loin des terres fertiles et des cités resplendissantes, s'étendait le royaume mystérieux de Naragath, dominé par un vaste désert de sable. Ici, les vents capricieux modelaient sans cesse des dunes mouvantes, écrivant et effaçant à l'infini les éphémères chroniques des royaumes du sable. Ce désert, théâtre des légendes oubliées, était un parchemin vivant où la nature inscrivait et réinscrivait ses récits.

À l'extrême ouest de Naragath, se dressait Lunaris, majestueuse et solitaire, une gemme sombre polie par les âges. Surnommée la "Porte de l'Enfer", cette cité semblait un phare dans un paradis infernal. Ses tours audacieuses griffaient le ciel nocturne, flirtant avec les étoiles. Les murs de Lunaris, édifiés de pierres sombres, absorbaient la lumière du jour, ne laissant sous le clair de lune que des reflets argentés, tels des murmures d'une déesse oubliée.

Au cœur de Lunaris, le marché bourdonnait tel un kaléidoscope de vie. Mille et une voix s'y élevaient, portant les échos de contrées lointaines et inconnues. Ses ruelles s'entortillaient en un labyrinthe mystérieux, où chaque détour offrait une nouvelle énigme, un nouveau récit, une aventure à découvrir.

Vers l'est, le désert s'étendait, vaste et mystérieux, interrompu seulement par l'ombre menaçante du Creuset. Ce bastion du nécromancien Astaroth Soulreaver, un monument à la puissance interdite, se dressait comme un temple des arts obscurs. Ses tours accusatrices semblaient défier les cieux, tandis que les fenêtres, baignées d'une lueur surnaturelle, guettaient les âmes des voyageurs égarés.

Entre Lunaris et le Creuset, la terre se déployait en un mélange d'illusions et de réalités, de dangers et de refuges. L'Oasis du Repit, avec ses eaux pures et ses palmiers susurrant des mélodies anciennes, formait un havre de paix dans ce monde impitoyable. Plus loin, à Duskarn, circulaient des récits de rencontres avec des entités tirées des légendes les plus sombres, des êtres dont la simple évocation suscitait peur et émerveillement.

À l'extrême est de Naragath, la Tour Sombre dominait le paysage, énigmatique et isolée, un sanctuaire pour les mages noirs et gardienne de secrets oubliés. Là, le sable se teintait des couleurs de la nuit, et la magie imprégnait l'air, tissant un voile entre le monde tangible et celui de l'imaginaire.

Naragath se révélait ainsi, un paysage de beauté cruelle et envoûtante, où chaque dune vibrait d'anciens enchantements et où chaque souffle de vent portait les échos d'une époque révolue. Dans cette terre aride et majestueuse, les légendes prenaient racine, défiant le temps et la mémoire, tissant un récit qui se perpétuait à chaque coucher de soleil, ouvrant les portes de l'infini.

*** * ***

Sombres Desseins

Au cœur aride et désolé du désert de Naragath, un sombre dessein se tramait, tissant une toile sinistre sur le destin d'Elysorium. Dans cette région inhospitalière, le Creuset se dressait, bastion de terreur. La tour d'Astaroth Soulreaver, érigée en pierres noires érodées par le temps et les tempêtes de cendre, absorbait la lumière morne du ciel, créant un halo d'obscurité, son sommet se perdant dans les nuages bas et tumultueux.

Les vents hurlants faisaient danser cendres et poussières dans un ballet macabre, enveloppant le paysage d'un voile funeste. La terre, comme gémissant sous le poids des secrets et malédictions enfermés dans la tour, conférait à l'endroit une aura de mystère inégalée, égalée seulement, peut-être, par celle de Duskarn.

Au pied de cette tour sinistre, un portail de fer forgé, orné de symboles ésotériques, s'ouvrait rarement. Ce jour-là, il grinça sur ses gonds, annonçant l'arrivée de Sarthax, le général noir. Ce guerrier imposant, vêtu d'une armure noire en écailles de dragon, incarnait la terreur. Chaque pas qu'il posait sur le sol stérile résonnait comme un funeste présage.

Membre de l'ordre des paladins noirs, Sarthax avait renoncé à la lumière divine pour embrasser les ténèbres. Ces chevaliers déchus, jadis protecteurs de la foi et de la justice, avaient troqué leur dévotion contre une allégeance aux entités maléfiques, devenant des incarnations de terreur et de puissance.

En avançant vers la tour, Sarthax fendait le silence oppressant de ses pas lourds. Les créatures des ombres, d'ordinaire souveraines de ces lieux désolés, reculaient instinctivement devant son aura menaçante. Ces paladins noirs, surnommés "Tueurs de Mages" pour leur hostilité envers les pratiquants des arts mystiques, étaient redoutés de tous.

La présence de Sarthax au Creuset annonçait des plans sinistres et une ambition de pouvoir inquiétante. À l'intérieur de la tour, les murs étaient couverts de toiles d'araignée et d'étagères chargées d'artefacts étranges et de grimoires de magie noire. La lumière des torches au feu bleuâtre projetait des ombres inquiétantes, semblant chuchoter des secrets anciens. L'air, imprégné d'une odeur de renfermé et d'encens, éveillait les sens de manière presque surnaturelle.

Au sommet de la tour, sous un dôme de pierre dans une salle circulaire, Astaroth Soulreaver attendait, drapé dans une longue robe noire, le visage dissimulé par une capuche. Ses yeux brillaient d'une lueur inquiétante, et autour de lui flottaient des orbes lumineuses, éclairant les parchemins et artefacts étalés devant lui. Le grincement du portail en bas interrompit le silence. Astaroth leva les yeux, un sourire énigmatique aux lèvres. "Sarthax..." murmura-t-il d'une voix glaciale. "Les pièces commencent à se mettre en place."

Dans les profondeurs de la tour, la voix de

Sarthax, puissante et profonde, rompit le silence. "Nécromancien, la ville de Lunaris nous est acquise. Cassandra, qui la dirige en notre nom, s'assurera qu'aucun mage ne viendra fouiner dans nos affaires. La seule porte d'entrée de cette partie du continent est désormais close."

Astaroth répondit d'une voix éthérée, presque surnaturelle. "Excellente nouvelle, général. Rien ne semble désormais entraver le retour de l'Empereur Dragon. Eva et Pandora rassemblent les derniers éléments nécessaires au rituel..."

Sarthax, les sourcils légèrement froncés, ajouta : "Ces démones sont imprévisibles. Mais leur pouvoir est tentant. Je me rendrai au nord, à Misthall, pour veiller à notre approvisionnement en or." Soulreaver, avec un sourire froid, rétorqua : "Lorsque l'Empereur sera réveillé, les soucis matériels seront chose du passé." Sarthax, pragmatique, répliqua : "En attendant, l'or reste essentiel pour acheter loyauté et influence. Les guerres se gagnent avec de l'acier et de l'or."

Après un silence lourd de sous-entendus, Sarthax interrogea : "Des nouvelles de Valoria ?" Son regard, perçant sous son heaume, scrutait Soulreaver. "Morgana contrôle la reine, assurant notre discrétion en ville. Elle dirige aussi les Roses Noires, éliminant nos ennemis par ses assassins. La princesse est condamnée ; sa mort ne fera qu'accroître l'emprise de Morgana sur la reine," répondit Soulreaver, ses yeux brillant d'une lueur rusée.

Un rire sinistre s'échappa de Soulreaver, se mêlant aux ombres de la pièce. "La princesse... quel dommage de ne pas l'avoir offerte aux succubes," ajouta-t-il avec une cruauté non dissimulée.

La conversation entre ces deux figures sinistres était chargée d'une menace palpable, tissant un avenir sombre et désolé pour Elysorium. Leur alliance, un pacte noué dans les profondeurs des ténèbres, était une entente macabre.

Finalement, Sarthax se leva, son armure cliquetant sinistrement. Il tourna le dos à Soulreaver et s'avança vers la sortie, sa silhouette s'estompant peu à peu dans l'obscurité du corridor, laissant derrière lui une atmosphère lourde de mauvaises intentions et de complots diaboliques.

* * *

CHAPITRE 4 : LA PERLE DES ARCANES

A L'auberge

Au cœur de la Vallée Dorée, où les eaux caressantes du lac Azuré embrassent doucement les rivages, repose le village de Valdor. Encadré à l'ouest par les sommets intimidants des Pics du Griffon et à l'est par les Monts Tianzi, majestueux tels des colonnes célestes évoquant les paysages d'une peinture ancienne, Valdor se niche tel un joyau sur l'écrin azuréen du lac. Ce havre attire les voyageurs en quête de repos, avec ses maisons harmonieusement éparpillées autour du lac, construites de pierres et de bois des forêts avoisinantes, symboles de l'union entre l'homme et la nature. Le village, vivant au gré des saisons, des récoltes, des pêcheurs et des artisans, devient un refuge pour les âmes égarées fuyant les conflits lointains et les aventuriers en quête de renommée, offrant ainsi un lieu de concorde et peut-être un nouveau commencement.

Trois jours de marche les séparaient encore de leur destination, mais Diane et Iris purent finalement contempler Valdor, étendu devant elles. Sous la lumière dorée du crépuscule, les eaux tranquilles du lac reflétaient un tableau paisible, tandis que les rues, animées d'une effervescence sereine, résonnaient des allées et venues des villageois en cette fin de journée. À leur arrivée à l'auberge de Valdor, elles furent enveloppées par la chaleur des flammes dansant dans la cheminée et les effluves appétissants des plats mijotant. Le murmure des conversations, ponctué par les rires des habitants, tissait une atmosphère chaleureuse et invitante. Approchant du comptoir, elles furent accueillies par un aubergiste jovial, dont le sourire large et accueillant promettait hospitalité et réconfort.

À leur entrée, l'aubergiste les accueillit chaleureusement. "Bienvenues à l'Auberge du Valdor ! Que puis-je faire pour vous, mesdames ?" demanda-t-il. Diane, épuisée mais souriante, répondit : "Nous souhaiterions une chambre pour la nuit, et peut-être de quoi nous restaurer." L'aubergiste les mena vers une chambre douillette à l'étage puis vers une table près de la fenêtre, offrant une vue apaisante sur le lac scintillant sous les derniers rayons du soleil couchant.

Alors qu'elles dînaient, la conversation entre Diane et Iris devint plus intime. "Cela ne te fait pas peur de voyager avec un assassin ?" demanda Iris. Diane, le regard contemplatif, répondit : "Pour être honnête, c'est plutôt excitant. Et je suis rassurée de t'avoir à mes côtés, Iris. Ta compétence est un véritable atout. Je repense à la mine déconfite de nos agresseurs." Iris, affichant un sourire sincère, ajouta : "Je suis également contente de notre alliance. Même si tu es un peu plus loquace que mes compagnons habituels." Leurs rires complices remplirent l'auberge, créant une atmosphère détendue et chaleureuse.

Le repas terminé, Diane, les yeux pétillants d'amusement, fit remarquer : "Regarde, j'ai repéré quelques personnes intéressantes. Que penses-tu de ce nain avec sa hache imposante ?" Iris secoua la tête, un sourire en coin. "Les nains ? Ils ont un caractère bien trop trempé pour moi. Et ce rôdeur au comptoir ? Ses cicatrices racontent des histoires de terres lointaines et dangereuses..." Diane répondit avec malice : "Iris, nous sommes en train de recruter des compagnons pour nous protéger de personnes comme lui, justement." Leur complicité s'intensifiait, leurs rires s'élevant au-dessus du brouhaha de l'auberge.

Soudain, Diane posa son regard sur une silhouette encapuchonnée à une table reculée. "Lui, là-bas, à l'ombre des chandelles... Un éclaireur, ou peut-être un chasseur de primes ?", murmura-t-elle. Iris suivit le regard de Diane et étudia attentivement la silhouette. "Regarde la cape... finement ourlée de fil de mithril. Ça n'est pas l'attirail d'un aventurier ordinaire. Un noble en fuite, ou un mage, je parierais," conclut-elle, la méfiance dans la voix. Diane acquiesça, ses yeux se rétrécissant. "Il détonne dans cet antre rustique. Un prêtre, ou un savant des arcanes, peut-être ?" Leur curiosité piquée, elles se levèrent, prêtes à découvrir les secrets de cette présence énigmatique.

* * *

L'éternelle Étudiante

Approchant la figure encapuchonnée, Diane prit la parole avec diplomatie : "Bonsoir. Votre cape indique que vous n'êtes pas d'ici. Nous nous rendons à Seranthea et cherchons des compagnons de route. Seriez-vous intéressée par un voyage partagé ?" Lorsque l'inconnu révéla son visage, une jeune mage aux yeux pétillants d'intelligence et de curiosité apparut. Malgré sa jeunesse, la profondeur de son regard trahissait une maturité et une sagacité surprenantes.

Inclinant la tête avec un air décontracté, la jeune mage demanda : "Je me dirige peut-être moi-même vers Seranthea. Mais vous, vous n'avez pas tout à fait l'air de mages... Est-ce le vent de l'aventure qui vous pousse, ou les circonstances qui vous y contraignent ?" Diane prit une inspiration, pesant ses mots avec soin : "Une audience avec un archimage est impérative pour une affaire urgente concernant la royauté de Valoria." Sa voix portait le poids de leur quête.

Avec un sourire en coin, la mage rétorqua : "Rien que cela ? Cette mission est-elle officielle ? Sous quelles auspices opérez-vous ?" Iris, la froideur dans sa voix, corrigea rapidement : "Son autorité est suffisante, elle est la princesse Diane de Valoria. Elle n'a besoin de l'aval de personne." Althea parut surprise, ses yeux brillant d'un intérêt renouvelé.

"Et toi", interrogea-t-elle, scrutant Iris, "tu n'as guère l'allure d'une compagne de princesse..." Iris répondit franchement, sa voix teintée d'une détermination sombre : "Je dois recueillir des informations sur mon passé auprès des mages... et j'ai pour dessein d'éliminer Astaroth Soulreaver, un mage noir redoutable, avant qu'il ne réveille un dragon des abysses." À la mention d'Astaroth, la jeune mage tressaillit, reconnaissant le nom.

La mage rit clairement : "Toi, avec tes cheveux tressés et ton air sérieux, tu te mesurerais au nécromancien ?" L'irritation d'Iris était palpable : "Tu as l'air bien renseignée. C'est suspect, tu ne trouves pas ?" elle secoua la tête, un sourire espiègle aux lèvres. "Quel mage digne de ce nom ne connaîtrait pas le nécromancien ? Mais raconte-moi, qu'a donc fait ce sinistre personnage pour que tu décides de traverser tout le pays à sa recherche ?"

Iris, avec une pointe d'amertume, révéla : "Il aurait

kidnappé ma mère, l'aurait torturée pour ses rituels impies et a fait de moi la marionnette d'une secte d'assassins. Réjouissant, n'est-ce pas ?" La surprise se peignit de nouveau sur le visage de la magicienne, qui semblait savoir plus qu'elle ne le laissait paraître.

Après une brève réflexion, la magicienne annonça avec malice : "Je vais vous accompagner jusqu'à Seranthea. Non pour vous assister dans votre quête, mais parce que l'idée de ces divertissantes histoires d'une dame de cour et d'une chasseresse en guerre contre un dragon m'intrigue." Elle se renversa dans sa chaise, un sourire anticipatif illuminant son visage. "Je suis impatiente d'entendre la suite de vos plaisanteries. Mais pour l'heure, savourons ce vin exquis." En versant le vin, elle se présenta : "Althea, mon nom. Je suis une éternelle étudiante de la guilde des mages."

Diane s'exclama avec enthousiasme : "Fantastique ! Nous voilà avec une mage dans notre équipe !" Iris tempéra l'excitation de Diane : "Ne te fais pas d'illusions, elle a dit étudiante..." Une pointe de déception transparaissait dans sa voix.

Le trio, ainsi formé, conclut le repas par un rire et un toast à leur improbable alliance. Althea, avec son scepticisme et son humour acéré, offrait une dynamique nouvelle au duo de Diane et Iris. Leur chemin vers Seranthea promettait désormais d'être riche en interactions pétillantes et en épreuves inattendues.

* * *

Sur Le Départ

À l'aube, l'auberge de Valdor s'éveillait sous la lumière douce du soleil naissant, qui se frayait un chemin à travers les fenêtres, peignant un ballet d'ombres et de lumières sur les vieux planchers en bois. Les rayons se posaient sur les tables, illuminant les grains du bois usé par le temps, et faisaient danser la poussière dans l'air, comme des étoiles miniatures flottant dans un cosmos intérieur. La chaleur du foyer, qui avait mijoté doucement toute la nuit, continuait de diffuser son réconfort, invitant les premiers lève-tôt à s'attarder dans son étreinte chaleureuse.

Diane, Iris et Althea, formant une alliance improbable au gré des circonstances de la veille, se retrouvèrent pour un petit-déjeuner bien mérité. Les tables de l'auberge, patinées par les récits des voyageurs de passage, les accueillirent dans leur chaleur presque maternelle. La salle commune, baignée dans la sérénité des premiers rayons du jour, offrait une trêve bienvenue dans le tumulte de leurs aventures récentes. Autour de leur table, le trio se régalait d'un assortiment de pains frais, dont la croûte dorée craquait sous la dent, de fromages locaux aromatiques, dont les senteurs relevaient les papilles, et de fruits juteux, tout droit venus des forêts enchantées de Stellarae, dont les couleurs vives réveillaient l'esprit autant que le goût. La pièce était emplie des effluves appétissantes de la cuisine matinale, où les arômes du café fort et des herbes fraîches se mêlaient dans une danse olfactive qui promettait une journée pleine de promesses.

Diane, toujours poussée par une curiosité insatiable, se tourna vers Althea, la détermination se lisant clairement dans ses yeux verts qui scintillaient d'un éclat espiègle. "Althea, quelle est ta spécialité en magie ? Peux-tu, par exemple, faire rôtir nos ennemis, déclencher des tempêtes, ou te transformer en ours ?" demanda-t-elle, l'intérêt tintant dans sa voix comme la mélodie d'un luth bien accordé. Elle croqua dans un morceau de pain croustillant, ses dents blanches contrastant avec la mie dorée, démontrant une joie de vivre qui semblait inébranlable même face à l'adversité. Althea, un sourire énigmatique aux lèvres, prit une gorgée de son thé, dont les vapeurs s'élevaient telles les brumes matinales sur une vallée tranquille. Ses yeux pétillant d'intelligence et de malice, elle répondit avec une voix qui portait les nuances d'une mélodie ancienne, à la fois douce et puissante. "Comme je vous l'ai mentionné hier soir, je suis une éternelle étudiante des arcanes. La diversité de mes connaissances est mon plus grand atout, et ma devise est 'Juste la magie qu'il faut, pas plus, pas moins.'"

Iris, vêtue de cuirs travaillés qui épousaient ses formes athlétiques, portait les marques de ses nombreux combats, attentive, observait Althea. La guerrière : "Tu voyages seule, vêtue si élégamment. Étudiante ou non, tu sembles parfaitement à l'aise sur la route. Et confiante pour ta sécurité," dit-elle, son ton teinté d'un léger scepticisme mais aussi d'un respect naissant. Iris avait appris à lire les gens, à voir au-delà des apparences, et quelque chose chez Althea la fascinait, l'attirait presque autant que cela la mettait en garde. Althea croisa son regard, une lueur de sagesse et un soupçon de mystère dans ses yeux. "La connaissance est une forme de protection, c'est vrai. J'ai quelques astuces utiles en voyage," répondit-elle, sa voix aussi claire et mélodieuse que le son d'une cloche de cristal. "Mais il y a aussi le savoir tacite que chaque mage accumule au fil des ans. Un savoir qui se loge non seulement dans l'esprit, mais aussi dans le cœur."

Leur petit-déjeuner se déroulait dans une atmosphère de curiosité et de respect mutuel. Les murs de l'auberge, témoins silencieux de tant d'histoires, semblaient absorber chaque mot, chaque rire, comme pour les tisser dans la grande tapisserie du temps. Alors que Diane et Iris partageaient leurs expériences, Althea les écoutait attentivement, ses commentaires ponctués d'humour et de perspicacité. C'était un échange de vies, de rêves et de craintes, un partage qui se faisait rarement entre étrangers, mais qui, en l'espace d'une matinée, les avait transformés en compagnons de route.

Diane, ne pouvant résister, demanda avec une pointe d'envie, "Althea, raconte-nous une de tes aventures. Y a-t-il des sorts ou des artefacts qui t'ont marquée ?" Sa question était un appel à partager leurs histoires et connaissances, un désir de comprendre non seulement les mystères du monde, mais aussi ceux qui voyageaient à ses côtés. Althea sourit, laissant ses pensées voyager dans le passé, vers des lieux couverts de brume et de légendes. "J'ai exploré des ruines anciennes, déchiffré des textes oubliés et rencontré des créatures de légende. Chaque découverte m'a enseigné que la magie est une fenêtre sur les mystères de notre monde, bien plus qu'une simple suite de sorts. J'ai vu des artefacts qui pouvaient détourner le cours d'une rivière, ou des grimoires si anciens que leur simple lecture pouvait vous changer à jamais."

Le petit-déjeuner se poursuivit dans une ambiance de partage et de découverte. Chacune apportait sa propre perspective, tissant un lien de camaraderie et d'appréciation mutuelle. Ce repas marquait non seulement le début d'une nouvelle journée, mais aussi le commencement d'une aventure partagée, où chacune allait apporter ses forces et connaissances pour affronter les défis de la route vers Seranthea. C'était un moment suspendu dans le temps, un instant précieux où le passé et le futur convergeaient, s'enveloppant d'un présent qui promettait de les unir contre les ombres à venir.

*　*　*

CHAPITRE 5 : UNE MISSION IMPORTANTE

Dans La Tour De L'archimage Valerius

Q uelques jours plus tôt, en Etheal, dans la plus haute tour de mage de la cité de Seranthea, un dialogue crucial se déroulait entre Althea Etherend et l'archimage Valerius, le doyen des archimages.

Le sommet de la tour offrait une vue à couper le souffle sur la ville scintillante en contrebas, mais à l'intérieur, c'était un monde entièrement différent. Les murs étaient bordés d'étagères remplies de grimoires anciens et d'artefacts mystérieux, témoignant des siècles de savoir accumulés. Des orbes de lumière flottaient doucement, éclairant la pièce d'une lueur surnaturelle.

Althea entra avec respect. "Vous m'avez convoquée, Archimage Valerius ?"

Valerius, regardant par la fenêtre avant de se tourner vers elle, répondit, "Althea, j'ai une mission de la plus haute importance pour toi. Et comme toujours, elle doit rester confidentielle."

Althea répondit, "Je suis prête à vous écouter."

Valerius continua, "Tu vas te rendre à la

prison impériale de Thorneira. Donne ce mot au commandant de la garnison pour accéder à la tour de haute sécurité. J'aimerais que tu interroges l'archimage déchu Thalios."

Surprise, Althea répondit, "Cela doit être grave pour nous adresser à ce traître."

"La situation est préoccupante. Thalios dirigeait Lunaris avant d'être exposé pour ses sombres machinations. Nous avons découvert qu'il accumulait des artefacts interdits et pratiquait des pouvoirs obscurs", dit Valérius.

"En tant que gardienne des savoirs interdits, je me souviens bien de ses méfaits", répondit Althea.

"C'est pour ton intelligence et ta capacité d'adaptation que je fais appel à toi. Nous avons détecté des énergies magiques anciennes en Naragath, et plusieurs prêtres de lumière ont disparu. J'ai un mauvais pressentiment", expliqua Valerius.

"Le nécromancien Astaroth Soulreaver, pensez-vous ?", interrogea Althea.

"Possible, des rumeurs circule au sujet de sa quête pour rappeler le dragon empereur. Mais Soulreaver n'a pas logistique pour ça", réfélchit Valerius.

"Je partirai immédiatement", déclara Althea.

"Parfait. De mon côté, je rencontrerai la reine Cassandra à Lunaris. Elle est une alliée précieuse et admirée, entourée de légendes populaires. Je veux m'assurer que le Naragath reste sous surveillance", poursuivit Valerius.

"À ton retour, passe voir Mirela au temple de Solis. Assurons-nous qu'elle va bien", ajouta Valerius.

"Avec plaisir. Et vous, faites attention à Lunaris. Beaucoup trop de rumeurs nous parviennent de Naragath ces derniers temps", dit Althea.

Althea quitta la pièce, son esprit déjà tourné vers la mission à venir. En descendant les escaliers en spirale de la tour, elle réfléchissait aux défis qui l'attendaient, aux secrets qu'elle pourrait découvrir, et aux dangers inhérents à une confrontation avec un mage déchu comme Thalios. La mission était périlleuse, mais Althea Etherend était une mage non seulement talentueuse mais aussi intrépide, prête à affronter les ombres pour dévoiler la vérité.

Le destin avait tissé sa toile, préparant le terrain pour un périple qui entraînerait Althea depuis les cimes éthérées de la connaissance magique jusqu'aux tréfonds sinistres et dangereux de la prison impériale.

La prison impériale se dressait en un lieu austère, là où les éléments eux-mêmes semblaient gardiens de son isolement. À l'ouest, les vagues incessantes de l'océan battaient contre ses murs, comme pour rappeler la liberté inatteignable. Au sud, les sommets intimidants de la chaîne de Dos-Dragon se dressaient, un rempart naturel contre le monde extérieur, tandis qu'à l'est, les Pics du Griffon étendaient leurs ailes de pierre, veillant sur cette forteresse de désespoir.

Pour atteindre cette citadelle de l'ombre, il faudrait voyager à travers la Vallée Dorée, remonter au nord du lac Azuré, traverser des terres parsemées d'or végétal et de lumière, un contraste poignant avec le sort des âmes enfermées. Plusieurs jours de marche séparaient Seranthea de cette bastille, et chaque pas serait un éloignement de la sagesse des mages pour se rapprocher du murmure glacé des chaînes et du silence des cellules.

* * *

Althea À Seranthea

Althea Etherend quitta la tour de l'archimage Valerius, ses pensées tourbillonnant autour de la mission confiée. En descendant les marches de pierre ancienne, elle se retrouva bientôt dans les rues animées de Seranthea, le cœur battant de la magie en Etheal. La cité, un véritable carrefour de connaissances et de mystères, s'étendait devant elle dans toute sa splendeur.

Les rues pavées de Seranthea étaient bordées de

bâtiments majestueux, leurs façades ornées de symboles magiques et de fresques représentant des scènes mythiques. Les tours de mage, hautes et élancées, se dressaient fièrement, perçant le ciel de leurs sommets étincelants. Leurs vitraux projetaient sur les pavés des mosaïques de lumière colorée, racontant des histoires d'époques révolues et de batailles contre les forces obscures.

Les marchés de la ville regorgeaient de marchands vendant des ingrédients exotiques pour potions, des cristaux d'énergie, et des artefacts anciens. Les mages en robes chatoyantes se mêlaient aux apprentis curieux et aux habitants de la ville, créant une mosaïque vivante de la société magique. Les jardins suspendus de Seranthea, un chef-d'œuvre d'ingénierie et de magie, offraient un havre de paix et de beauté naturelle, où les plantes rares et les fleurs enchantées prospéraient sous le soin attentif des jardiniers-mages.

Althea se dirigea vers sa demeure pour se préparer au voyage. Son logement, situé près des bibliothèques académiques, était un lieu de tranquillité et de réflexion. Elle rassembla ses affaires essentielles : parchemins, encres, quelques grimoires choisis, des ingrédients pour des sorts de base, et des vêtements adaptés au voyage. Elle vérifia également son équipement magique : un bâton orné de runes, une cape tissée de fils de mithril, et des amulettes de protection. Chaque objet était choisi avec soin, reflétant sa préparation minutieuse et sa connaissance approfondie de la magie.

Avant de partir, Althea passa un moment dans le sanctuaire privé de sa demeure, une petite chambre consacrée à la méditation et à la contemplation magique. Ici, entourée de cristaux et de symboles sacrés, elle se concentra sur les énergies autour d'elle, cherchant force et sagesse pour les défis à venir. Elle fit une dernière vérification de ses protections magiques, s'assurant qu'elle était prête à affronter les dangers potentiels de sa mission.

En quittant Seranthea, Althea traversa les portes de la ville avec une détermination tranquille. Elle savait que le voyage à la prison impériale ne serait pas sans risques, mais elle était résolue à accomplir la tâche confiée par l'archimage Valerius. Son esprit était clair, son cœur prêt pour l'aventure, et ses pas la portaient inexorablement vers le destin qui l'attendait sur la route.

Althea, portant le poids d'une mission confiée par l'archimage Valerius, débuta son périple à travers les vastes paysages d'Elysorium. Le matin de son départ, le soleil levant teintait le ciel de couleurs ardentes, promettant une journée pleine de découvertes et de magie.

* * *

Les Plaines De Cristal

À l'est de Seranthea s'étendent les majestueuses plaines de cristal, dont la renommée s'étale bien au-delà des frontières d'Elysorium. Vaste étendue où la nature a orchestré une symphonie de teintes rose violacée, ces cristaux magiques jaillissent du sol en un spectacle éblouissant. Ils surgissent par endroits en formations délicates, certains atteignant même des hauteurs dépassant celle d'un homme, tels des géants figés dans une éternelle contemplation du ciel.

L'énergie magique qui imprègne ces plaines est si intense qu'elle en devient presque palpable, vibrant autour des visiteurs comme le battement d'un cœur ancien et puissant. Cette force, si envoûtante qu'elle est, ne peut être tolérée que quelques précieuses minutes par les non-initiés ; la plupart des voyageurs choisissent ainsi de s'émerveiller face à ce paysage à la beauté surréelle en le contournant respectueusement, n'osant troubler sa quiétude.

Seuls quelques mages, maîtres de leur art, ont le privilège de se promener librement parmi les cristallisations, marchant avec aisance dans ce labyrinthe enchanté. Ils sont les gardiens de ces mystères, seuls à pouvoir écouter et comprendre le chant harmonieux des cristaux qui, sous l'effet du vent, semblent susurrer d'antiques incantations et révéler les secrets d'un monde oublié.

Au cœur des Plaines de Cristal, Althea Etherend marchait d'un pas serein, enveloppée par la sérénité de l'endroit. La lumière du crépuscule s'étirait paresseusement sur le tapis scintillant de gemmes, baignant l'horizon dans une luminescence perpétuelle. Chaque cristal, un nœud dans le réseau vivant de la magie d'Elysorium, chantait d'une fréquence qui résonnait jusqu'à l'âme de la mage.

Elle sentait le pouvoir des cristaux vibrer au plus profond de son être, une symphonie de la nature qui renforçait sa connexion intime avec les arcanes de la magie. Althea avait été autrefois surnommée "la Mage de Cristal" pour sa capacité unique à harmoniser et manipuler ces résonances magiques.

Au crépuscule, Althea prépara son campement avec une précision et une attention qui trahissaient sa connaissance des forces élémentaires. Elle éleva une barrière subtile d'illuminations cristallines, non pas pour une protection – car peu osaient défier une mage de sa stature – mais pour la beauté pure de l'acte. Les cristaux autour d'elle, témoins silencieux de son rituel, scintillaient en écho à ses enchantements.

Avant de s'endormir, adossée contre son sac à dos faisant office d'oreiller, elle contempla les étoiles. Son esprit vagabonda vers ses responsabilités de Gardienne de la Magie Interdite, un titre lourd de sens et de danger. Ses études l'avaient menée à déchiffrer des grimoires voilés de mystère, des textes dont même les archimages eux-mêmes se méfiaient.

Althea, sage incarnée, ne se laissait jamais séduire par l'ivresse du pouvoir. Elle savait que la sagesse ne résidait pas dans la démonstration de force, mais dans la retenue, dans l'art de n'utiliser la magie qu'avec discernement et nécessité. Et pourtant, l'archimage Valerius lui-même avait qualifié son potentiel magique de "vertigineux". Une puissance qu'elle gardait soigneusement maîtrisée, consciente de la fine frontière qui sépare la sagesse de la démesure.

La nuit s'installa, et Althea, sous le dôme étincelant tissé par les constellations et les cristaux, se laissa glisser dans le sommeil. Elle devait se reposer, se recentrer, car le lendemain, elle reprendrait sa route vers la prison impériale, où l'attendait un archimage déchu, un homme qui pourrait détenir les clés de mystères menaçant le royaume tout entier. Sa mission était claire, et son esprit, malgré la fatigue, restait focalisé sur l'enjeu imminent.

* * *

Les Steppes Pourpres

Le lendemain, Althea reprit sa route vers le point d'étape suivant, une auberge connue sous le nom de l'Auberge des quatres vents, située sur la cote sud du lac blanc. L'auberge était un lieu prisé par les voyageurs et les commerçants, ainsi que par des chercheurs de cristaux et des mages venus étudier les propriétés uniques de la région.

La bâtisse était construite avec des blocs de quartz translucides, et à l'intérieur, chaque chambre était éclairée par des lampes remplies de poudre de cristal, offrant une lumière apaisante et régénératrice. Le tenancier, un homme d'âge moyen aux yeux pétillants d'enthousiasme, accueillit Althea avec une déférence respectueuse, reconnaissant en elle la stature d'une mage de Seranthea.

Après un repas nourrissant composé de légumes du potager, enrichi d'herbes aromatiques et d'un thé infusé avec des cristaux de menthe, Althea prit le temps de s'entretenir avec les locaux. Elle écoutait leurs récits, apprenant de leurs expériences et partageant en retour des anecdotes sur la vie à Seranthea.

La nuit à l'Auberge du Cristal fut réparatrice. Althea prit un moment pour méditer, laissant la magie ambiante des cristaux la revitaliser et aiguiser son esprit pour la suite de son voyage.

Le matin suivant, après un petit-déjeuner composé

de fruits frais et de pain croustillant, Althea se prépara à reprendre la route. Son esprit était clair, sa détermination renouvelée par le repos et les énergies des cristaux. Elle paya sa chambre et, remerciant le tenancier pour l'hospitalité, elle franchit le seuil de l'auberge, prête pour la prochaine étape de son périple vers Thorneira.

La mage se dirigea vers le nord, traversant un paysage qui changeait progressivement, devenant plus austère à mesure qu'elle s'approchait de sa destination. Chaque pas l'éloignait des éclats chatoyants des Plaines de Cristal pour la rapprocher des secrets qu'elle devait percer à la prison impériale.

Althea Etherend, la Prodigie des Arcanes, poursuivait son chemin, seule face aux merveilles et aux mystères d'Elysorium, son histoire se tissant au grand récit de son monde.

Alors qu'elle quittait l'Auberge du Cristal, Althea Etherend ressentit la fraîcheur matinale et l'humidité de l'air du à proximité du lac. Le chemin vers les steppes de pourpre était parsemé de brins d'herbe givrés et de perles de rosée scintillantes. À l'horizon, les steppes s'offraient à elle, vastes et ouvertes, sous un ciel qui commençait à se draper de nuages.

Passant non loin du temple de Solis, Althea laissa son regard s'attarder sur la silhouette paisible du sanctuaire. Elle pensa à Mirela, la prêtresse qu'elle avait hâte de revoir. "Bientôt" se dit-elle, un sourire doux dessiné sur ses lèvres.

Mais la quiétude du voyage fut brusquement interrompue. Des brigands, embusqués parmi les hautes herbes, jaillirent sur son chemin, leurs intentions clairement malveillantes. Althea réagit avec une rapidité saisissante. D'un geste, elle murmura une incantation, et une barrière de force éthérée se forma autour d'elle, repoussant le premier assaillant.

"Je ne suis pas l'adversaire que vous cherchez" déclara-t-elle, sa voix portant un avertissement glacé.

Les brigands, sous-estimant la mage qu'ils voyaient devant eux, lancèrent un assaut plus déterminé. Althea, tout en évitant habilement leurs attaques, tissa une série de sorts offensifs. Des éclairs de lumière pure frapèrent leurs cibles avec une précision chirurgicale. En quelques instants, les brigands furent neutralisés, certains choisissant la fuite devant la démonstration de force magique.

Elle reprit sa route, son cœur battant un peu plus fort après l'adrénaline du combat. "Le chemin est semé d'épreuves" murmura-t-elle, consciente que chaque obstacle surmonté la rapprochait de son but et renforçait sa résolution.

Les steppes pourpre étaient connues pour leur

beauté sauvage, mais également pour les dangers qui s'y tapissaient. Althea, en traversant ces vastes étendues, se retrouva confrontée à un nouveau défi imprévu ; un deuxième groupe de brigands, mené par un sorcier aux yeux sombres comme les nuits sans lune, fit irruption sur son chemin.

Le sorcier, un sourire malicieux étirant ses lèvres fines, s'adressa à elle d'une voix qui suintait la cupidité. "Tu es la mage qui a défait mes hommes... Je suis prêt à t'épargner en échange d'un ou deux de tes bijoux magiques. Et qui sait, avec une journée aussi clémente, nous pourrions même te laisser libre plutôt que de t'emmener à notre camp pour... agrémenter notre collection."

Althea écoutait, son cœur battant non pas de peur, mais de colère face à la vile proposition. Dans son esprit, l'hésitation surgit, l'idée de se laisser capturer pour venir en aide aux prisonniers enserrait son âme de justice. Mais elle avait une mission, une charge qui ne souffrait aucun délai ni détour. "Nous nous reverrons" dit-elle calmement, ses yeux bleus brillant d'une lumière intérieure.

Sous le regard interloqué des brigands, Althea leva un bras, murmurant des paroles anciennes. En un éclat d'énergie translucide, elle disparut de leur vue, laissant derrière elle une traînée d'échos magiques. Le sorcier gronda, sa frustration palpable dans l'air encore vibrant du sortilège d'Althea. "Un sort de lâche, la prochaine fois, jeune mage, tu n'auras pas cette opportunité."

Althea, réapparue à une distance prudente, poursuivit son chemin, les pensées tourmentées par la confrontation. La suffisance de ce sorcier, qui osait la considérer comme une potentielle esclave, la piquait au vif. Elle, un mage de sa stature, réduite à une marchandise ? C'était le genre de pensée qui hantait les faibles d'esprit, incapables de reconnaître la véritable puissance.

Elle médita sur la solitude de son voyage. Bien que cette autonomie lui était souvent bénéfique pour ses missions confidentielles, elle ne pouvait s'empêcher de penser à ceux qui n'avaient d'autre choix que d'engager des mercenaires ou des aventuriers pour assurer leur sécurité sur ces routes. "Personne ne voyage seul", c'était la règle non écrite de ces terres.

Pourtant, Althea voyageait seule, protégée par sa magie et par une discrétion qui lui était imposée par ses responsabilités. Peut-être, songea-t-elle, pourrait-elle un jour offrir sa protection à des compagnons de route. Mais ses missions délicates, ses connaissances interdites, tout cela pesait trop lourd pour impliquer d'autres dans les ombres de son existence.

Avec un soupir, Althea repoussa ces pensées. Chaque pas la rapprochait de son objectif, et elle ne pouvait se permettre de détourner son attention de la tâche à accomplir. Elle était La Gardienne des Savoirs Interdits, et sa route était celle de la sagesse et du devoir, un chemin tracé dans les étoiles et dans la pierre des Plaines de Cristal d'où elle venait.

Après avoir traversé les steppes, Althea Etherend arriva à Valdor. Le village, une étape cruciale sur son itinéraire, n'était qu'un préambule à sa visite à la prison impériale. Elle s'avança dans les rues calmes du village, ses bâtiments robustes témoignant de l'histoire ancienne de ce village.

* * *

La Mission

En s'approchant de l'auberge, Althea se présenta sous le couvert de guérisseuse, une ruse subtile pour éviter les questions indiscrètes sur sa véritable identité et sa mission. Elle indiqua qu'elle venait pour offrir ses services à la garnison de la prison, une histoire qui lui valut un accueil chaleureux et aucun regard suspicieux.

"Je serai ici plusieurs jours, j'aurai besoin de la chambre durant tout ce temps" confia-t-elle à l'aubergiste en lui remettant quelques pièces d'or. "Je vais visiter la garnison, voir si nos braves soldats ont besoin de soins."

La chambre qu'on lui attribua était modeste, mais propre et confortable. Elle déposa ses affaires, son sac contenant ses instruments de guérison — ou du moins, ce qu'elle avait prétendu être tels — et ses notes de voyage. La nuit tomba et elle se reposa, profitant de la quiétude de l'auberge pour reprendre des forces.

Au matin, après une nuit de sommeil réparateur et un petit déjeuner local, elle se prépara pour sa visite à la garnison. Elle laissait derrière elle la chambre et ses effets personnels, emportant seulement ce qui était nécessaire pour sa prétendue mission de guérison.

Lorsqu'elle arriva à la garnison, elle fut accueillie par l'air chargé du zèle militaire. Les soldats s'affairaient, et l'atmosphère était empreinte de la rigueur caractéristique de l'armée. Présentant le mot de l'archimage Valerius, elle fut escortée à travers les cours intérieures vers le bâtiment principal.

Dans son bureau austère, le commandant de la garnison, un homme à l'allure imposante et aux traits burinés par les années de service, accueillit la visiteuse. Sa barbe grisonnante donnait à son visage sévère une touche de dignité. Les murs, garnis d'une panoplie d'armes et de cartes détaillées, témoignaient de nombreuses batailles et stratégies.

Althea Etherend, se tenait droite et confiante devant le vétéran de guerre. Elle lui présenta la lettre scellée de l'archimage Valerius. L'homme l'examina attentivement, ses sourcils se fronçant d'incrédulité puis de réticence. Cependant, le sceau impérial qui ornait le document le contraignit à l'acceptation silencieuse de son contenu. "Maudits mages" murmura-t-il, plus pour lui que pour son invitée.

"Venez avec moi" ordonna-t-il d'un ton qui ne souffrait aucune contestation. Ils traversèrent les rangs ordonnés de la garnison pour arriver aux geôles sombres. Le commandant s'arrêta devant la cellule de Thalios. "Une heure, pas plus" prévint-il avec une sévérité glaciale. "Et sachez que votre art y est futile. Des sceaux de paladins annulent toute magie ici. Ne tentez rien d'insensé, nos gardes sont préparés à toute éventualité."

Avec une discipline militaire inébranlable, il la laissa seule devant la porte de la cellule, se retirant sans un autre mot. Althea se retrouva face à face avec Thalios, l'archimage déchu, enfermé dans un silence lourd de non-dits et d'histoires tues.

Thalios, qui semblait n'être que l'ombre de lui-même, était assis dans la pénombre de la cellule. "Qui donc vient me voir en ces lieux austères, par-delà les gardes brutaux?" Sa voix, bien que cassée, portait encore l'écho d'un pouvoir autrefois grandiose.

Althea avança, mesurant chacun de ses pas dans la cellule dépouillée. "La prodige, n'est-ce pas? Valerius commence à reconnaître ses erreurs" susurra Thalios, un sourire amer sur ses lèvres desséchées.

"Je ne suis pas là pour discuter de mes propres affaires, mais pour savoir s'il reste quelque chose de l'homme que tu étais, de l'honneur de tes serments de mage..."

"Épargne-moi ta morale, jeune fille. Oui, j'ai convoité plus de pouvoir qu'il n'était sage de posséder. C'est... humain. N'est-ce pas quelque chose que tu peux comprendre?"

"Je suis ici pour parler de Lunaris qui est désormais dirigé par Cassandra et, surtout, du nécromancien. As-tu traité avec lui pour acquérir le pouvoir que tu désirais tant?"

"Cassandra... L'as-tu déjà rencontrée?" esquiva Thalios, détournant le sujet.

"Valerius est en chemin pour cela. Mais le nécromancien... Que sais-tu de ses activités? Y a-t-il eu pacte entre vous?"

"Un accord tacite. Je ne me suis pas immiscé dans ses sombres desseins," répondit Thalios, laissant transparaître un semblant de remords. "Quant à Cassandra, ses yeux sont grands ouverts."

"Et le Destructeur... Le nécromancien cherche-t-il vraiment à le ramener parmi nous?"

"C'est son dessein ultime. Pourquoi s'en priverait-il?"

"Et Cassandra, est-elle complice par son silence?"

Thalios haussa les épaules. "Elle a ses propres desseins aussi sombre que ses yeux sont lumineux. Et pour répondre à tes questions, Sarthax et les paladins noirs marchent pour le nécromancien."

La révélation frappa Althea comme la foudre. Une terreur glaciale l'envahit, mais elle garda le contrôle, masquant son trouble derrière un masque de calme. Thalios, discernant son agitation, s'en amusa.

"Merci pour ces informations," dit Althea, reprenant contenance. "Elles seront utiles."

Elle aurait voulu creuser ses allégations sur la nouvelle reine de Lunaris, mais Althea ne voulait pas tomber dans un piège de manipulation et préféra se contenter des informations concernant directement son sujet. Cassandra ayant précipité la chute de Thalios il est normal qu'il en garde rancœur.

Thalios, implorant "sors moi de là, je suis enfermé et traité par des soldats qui haïssent les mages. Sans ma magie, je suis comme mort.Leur rune me retiennent mais toi"

Avec une inclinaison de la tête, elle se leva et sortit de la cellule, l'esprit tourbillonnant d'implications nouvelles et inquiétantes. Elle savait que chaque morceau de vérité pouvait être une arme aussi tranchante qu'une lame. Et maintenant, elle tenait entre ses mains des révélations qui pourraient bien ébranler les fondations d'Elysorium.

* * *

La Rencontre

Les informations troublantes révélées par l'archimage déchu Thalios pesaient lourdement sur l'esprit d'Althea alors qu'elle se trouvait sur le chemin de retour vers l'auberge de Valdor. Les paroles de Thalios, énigmatiques et lourdes de sous-entendus sur la reine Cassandra, résonnaient dans sa tête, se mêlant à ses pensées sur les redoutables paladins noirs, véritable fléau pour tout mage.

À son arrivée, l'auberge était un havre de paix bienvenu après les révélations de la garnison. Elle prit quelques instants pour se reposer dans sa chambre, laissant le poids de sa mission s'effacer momentanément sous le confort simple mais réconfortant de son lit. Mais le répit fut de courte durée ; la faim et le besoin de réflexion l'attiraient vers la salle commune pour le repas du soir.

Assise à sa table habituelle, un bol de soupe fumante devant elle, Althea laissa son regard se perdre dans les flammes dansantes de la cheminée. La chaleur du feu réchauffait son corps tandis que l'ambiance animée de l'auberge caressait son esprit. C'était un contraste saisissant avec le froid glacial de la vérité qu'elle avait appris plus tôt.

Soudain, elle sentit des regards pesants sur elle. Levant les yeux, elle vit deux femmes à l'autre bout de la salle, un duo improbable qui l'observait avec curiosité. L'une, noble et élégante malgré sa simplicité, et l'autre, d'une allure plus sombre et énigmatique. Elles semblèrent se consulter du regard avant de se lever et de s'approcher.

Althea observa le duo s'approcher de sa table. La blonde se mouvait avec la grâce innée d'une noble, ses gestes raffinés et sa posture confiante trahissant peut-être une éducation diplomatique. Elle était vraisemblablement une figure de distinction hors des murs d'une grande cité. Sa compagne brune, en revanche, portait la marque d'une guerrière, peut-être une mercenaire, une voleuse, ou une éclaireuse. Il y avait une tension dans ses yeux, un équilibre précaire entre l'alerte et le repos. Althea ne pouvait s'empêcher de penser que leur présence n'était pas un simple caprice du destin.

En contemplant le tableau des annonces où les demandes de mercenaires étaient épinglées, Althea sourit malicieusement à l'idée d'embaucher un protecteur pour le chemin du retour. La notion qu'une mage de sa stature ait besoin de protection lui semblait amusante, et pourtant, la solitude de la route lui pesait.

Comme elle se délectait de cette idée, le duo contrasté s'avança vers elle. La noble cheveux d'or prit la parole, sa voix douce portant l'assurance de ceux qui sont habitués à être écoutés : "Bonsoir. Votre cape indique que vous n'êtes pas d'ici. Nous nous rendons à Seranthea et cherchons des compagnons de voyage. Seriez-vous intéressée par un voyage partagé ?"

Althea dû réprimer un élan d'enthousiasme. C'était une opportunité inattendue, mais elle ne pouvait pas laisser paraître trop vite son intérêt. "Il est possible que je me rende également à Seranthea. Voyagez-vous pour le plaisir ou par nécessité ?" demanda-t-elle avec une curiosité mesurée, tout en observant attentivement ses interlocutrices.

Cheveux d'or, qui se présenta comme Diane, expliqua alors qu'elle cherchait de l'aide pour une affaire concernant la royauté de Valoria. L'autre femme, plus réservée, se nommait Iris, et sa quête était plus personnelle : elle était à la recherche de réponses sur son passé.

Althea écoutait, son esprit déjà tissant les fils d'une potentielle collaboration. Ces femmes, bien que très différentes d'elle, partageaient un but commun qui les menait toutes vers Seranthea. Un accord tacite sembla se former entre elles, une alliance forgée non pas seulement par la nécessité, mais par une reconnaissance mutuelle de leurs quêtes respectives.

"Je pense que nous pourrions arranger cela," répondit finalement Althea, un sourire énigmatique flottant sur ses lèvres. "Partager le chemin avec des compagnons de route pourrait s'avérer... enrichissant."

Le pacte était scellé avec des poignées de main et des acquiescements. Althea, Diane, et Iris, chacune portant son propre fardeau d'histoires et de secrets, se préparaient à entamer ensemble le prochain chapitre de leur voyage, unies par la perspective d'un futur où leurs destins seraient inextricablement liés.

❋ ❋ ❋

CHAPITRE 6: L'ÉPREUVE

L'embuscade

Le soleil venait de franchir l'horizon lorsque les trois compagnes, Iris, Diane et Althea, quittèrent Valdor pour entreprendre leur périple le long du lac Azurée. Le chemin était caressé par une brise douce qui faisait danser les herbes hautes, et le ciel d'un bleu pur n'était marqué que par le passage paresseux de quelques nuages solitaires.

Le lac, tel un gigantesque joyau saphir, étincelait sous les rayons du matin, reflétant la majesté des montagnes du sud. Ses eaux calmes étaient bordées de galets lisses et de sable fin, où des empreintes racontaient les histoires des voyageurs avant elles. Par moments, elles s'arrêtaient pour contempler les reflets argentés des poissons qui jouaient à la surface, un spectacle paisible qui les invitait à la rêverie.

Au nord, les monts Tianzi se dressaient, majestueux et sauvages. Leur silhouette découpait le ciel, attirant les regards par leur beauté inaltérée et leur promesse d'aventures. L'air y était plus vif, chargé de l'odeur piquante des conifères et du parfum des fleurs d'altitude, un mélange enivrant qui éveillait les sens.

Iris marchait avec la grâce d'un félin, ses yeux scrutant le lointain, comme si elle pouvait y lire les ombres du passé et les murmures du vent. Diane, avec sa stature de princesse, avançait avec une élégance naturelle, ses cheveux d'or captant la lumière du jour comme un halo. Althea, enveloppée dans son manteau d'azur étoilé, rayonnait d'un calme mystique, la sérénité de son esprit de mage se répandant autour d'elle comme une aura apaisante.

Leur conversation était un mélange harmonieux de rires légers, de confidences murmurées et de silences complices. Elles partageaient des histoires de leurs vies antérieures, tissant des liens plus profonds à chaque pas, à chaque échange. Leurs différences, loin de les séparer, les enrichissaient, chacune apportant sa couleur unique au tableau de leur union.

Et alors que le soleil se hissait haut dans le ciel, leur chemin les mena à l'orée des steppes. Le paysage s'ouvrait sur une étendue herbeuse à perte de vue, un océan vert où le vent créait des vagues d'herbes ondulant à l'unisson. C'était un monde à part, où le temps semblait suspendu, invitant les voyageurs à l'exploration et à la découverte.

Mais c'est précisément dans cet écrin de tranquillité que l'incident se produirait, un événement imprévu qui mettrait à l'épreuve leur alliance naissante et leur courage. Pour l'heure, elles marchaient, insouciantes, baignées dans la lumière et la liberté, inconscientes de l'ombre qui se profilait à l'horizon.

Alors que le trio avançait avec prudence à travers les vastes steppes, un frisson inattendu parcourait l'air. La zone, connue pour être un refuge de malandrins et de hors-la-loi, résonnait d'un silence trop lourd pour être innocent. Le ciel d'un bleu éclatant s'était soudainement assombri, comme si les cieux eux-mêmes se préparaient à un drame imminent.

Iris, dont les sens aiguisés par une vie d'assassinat flairaient le danger, suggéra d'accélérer le pas. La suggestion était à peine formulée quand un éclat lointain trahit la présence de leurs ennemis. Avant même que la menace ne soit pleinement perçue, Iris se mouvait avec l'agilité d'une panthère, interceptant une flèche mortelle destinée à Althea. Sa main saisit la tige de la flèche, et son regard se durcit à la vue de la pointe de cristal – une flèche tueuse de mage.

La réalisation frappa comme un coup de tonnerre : quelqu'un avait prémédité une attaque contre la mage de leur trio. Iris, scrutant les horizons, avertit ses compagnes. Diane, dont la noblesse n'avait d'égal que son courage, se tenait prête à combattre, tandis qu'Althea, le visage marqué par la détermination, érigea un dôme de protection autour d'elles, un rempart d'énergie scintillante contre les ténèbres qui les assaillaient.

Le temps semblait s'étirer, chaque seconde était une éternité alors qu'Iris bondissait vers l'origine des tirs. Althea, concentrant ses pouvoirs, parla à travers les vents pour avertir Iris de la possibilité d'une menace magique supplémentaire parmi leurs assaillants.

Le combat fut bref, mais intense. À son retour, Iris était blessée, mais sa formation lui avait conféré une résilience contre les poisons qui aurait pu abattre n'importe quel autre. Cependant, la victoire fut de courte durée. Diane, l'insouciante princesse au sourire toujours lumineux, gisait, une flèche empoisonnée fichée dans sa jambe.

La panique menaçait de les submerger. Iris, la guerrière imperturbable, vacillait face à la vision de Diane affaiblie. La douleur de la blessure était un rien comparée à l'angoisse qui se lisait dans les yeux de Diane. « Ce n'est rien », tentait-elle de rassurer, malgré la fièvre qui déjà colorait ses joues d'un rouge trompeur.

Althea, avec toute la concentration que requérait son art, s'affaira à ralentir le poison. Ses incantations, douces et rythmiques, tissaient une trame protectrice autour de la plaie, suspendant le cours du temps pour le mal qui menaçait la vie de Diane.

« Du poison ? », la voix de Diane était un fil ténu, vibrante de peur malgré sa bravoure. Iris, avec une douceur que nul n'aurait soupçonnée, posa une main sur son épaule, promettant une guérison. « Les mages ont des remèdes pour tout, n'est-ce pas Althea ? » demanda-t-elle, cherchant dans le regard de la mage une lueur d'espoir.

Althea acquiesça, la magie s'épanouissant de ses doigts comme des pétales au vent. « Nous atteindrons le sanctuaire de Solis. Les guérisseuses nous aideront. » La détermination dans sa voix était un phare dans la tempête, un ancrage solide auquel se raccrocher.

Le voyage jusqu'au sanctuaire fut un test de volonté. Chaque pas était un acte de foi, chaque souffle une prière silencieuse. Elles soutenaient Diane, leur fardeau précieux, à travers les prairies dorées et les vents qui chantaient des hymnes anciens.

Les couleurs du crépuscule se mêlaient à leurs ombres allongées, peignant une fresque de leur détermination. Le soleil couchant embrasait le ciel, son feu se reflétant dans le regard acier d'Iris, dans l'or des cheveux de Diane et dans l'aura d'Althea, unissant leurs silhouettes dans un tableau dramatique de survie et de fraternité.

Le sanctuaire de Solis n'était plus qu'à une journée de marche, mais chaque minute était un combat contre le temps, un combat pour la vie. Et dans ce combat, elles ne faisaient qu'un, trois âmes liées par le sort, marchant ensemble vers la lumière d'une aube incertaine.

La scène était empreinte d'un mélange poignant de désespoir et de détermination. Althea et Iris, se tenant loin des oreilles de Diane, confrontaient l'épineuse vérité de leur situation.

Althea, la voix tremblante d'émotion, pris Iris à l'écart : "Arrivée au sanctuaire et une fois Diane hors de danger, je ferais venir des mages pour vous escorter sur le reste du trajet, je ne voyagerai plus avec vous."

Althea, la mage d'azur, portait le poids de la culpabilité comme une armure invisible, plus lourde que n'importe quel métal. Son aveu silencieux était un fardeau qu'elle s'était résolue à porter seule, loin des dangers qu'elle avait involontairement attirés vers ses compagnes.

Iris, un air fataliste teinté d'amertume, répliqua : "Évidemment, à quoi je pouvais m'attendre d'autre de la part d'une mage bourgeoise. Le moindre danger et on abandonne ses camarades. Pathétique, mais prévisible."

"Tu parles beaucoup de choses que tu ne sais pas je trouve," rétorqua Althea avec douceur mais fermeté. "Si Diane est dans cet état, c'est ma faute. C'est moi que ces brigands visaient."

"C'est des brigands, ils ne visent personne en particulier," objecta Iris, sceptique.

"Oui, mais j'ai rencontré des brigands lors de mon voyage aller et je pense avoir mis en colère leur chef, c'est pour ça qu'ils devraient avoir pour ordre de tuer et non de rançonner," confessa Althea, les yeux emplis de remords.

La réaction d'Iris était un brasier de fureur froide et de déception acérée. Les mots échangés entre elles étaient des lames tranchantes, chaque phrase révélant des blessures plus profondes que les blessures physiques. La révélation qu'Althea avait eu un rôle involontaire dans l'attaque les avait conduites à un carrefour d'émotions conflictuelles.

Les yeux pleins de colère, Iris serra les poings. "Et il ne t'était pas venu à l'idée de nous prévenir de ce risque? Avertie, jamais ils ne m'auraient surprise."

"C'est ce que je dis, tout est ma faute. J'étais prise dans ce voyage et c'était mon premier voyage que je ne faisais pas seule..." Althea laissa sa phrase en suspens, submergée par la culpabilité.

Iris soupira, une lueur de compréhension dans le regard : "Ça, je peux comprendre. Alors reste. Pour Diane. Elle semblait si heureuse d'avoir une mage dans notre groupe, cela faisait groupe d'aventurier en route pour une quête qui change le monde."

"Justement... je suis peut-être en route pour une

quête de cette envergure. Mais elle, Diane, n'a pas sa place dans cette aventure, c'est bien trop dangereux," répondit Althea, son regard se perdant au loin.

Un craquement de branche les interrompit, et elles se retournèrent pour voir Diane, les écoutant avec les larmes coulant le long de ses joues.

"Pour vous, je ne suis qu'un boulet, qu'une noble sans défense qui n'est capable de rien. Je n'ai pas ta magie, Althea, et je n'ai pas ton talent pour le combat, Iris, mais je sais me débrouiller avec un arc, j'ai des notions d'alchimie et je suis une diplomate hors pair. Mais bien sûr, vous ne voyez que la princesse aux cheveux blonds."

Iris et Althea, prises de court, commencèrent, "Diane…"

Ravalant ses larmes, Diane reprit avec force : "Laissez-moi, c'est terminé. J'irai seule. Libérer mon royaume de l'emprise naissante du mal." Elle leur tourna le dos et se mit à marcher, difficilement, puis s'écroula, rattrapée brutalement par la réalité de sa condition.

Sans un mot, Iris et Althea se précipitèrent vers elle. En ce moment, les liens de leur fraternité se renforcèrent, transcendés par l'urgence et l'affection véritable. Elles soulevèrent Diane, unis par une promesse silencieuse de rester ensemble, peu importe les épreuves à venir. La steppe, sous le crépuscule, devenait le témoin de leur serment tacite, de leur engagement à braver ensemble les tempêtes de leur destinée.

* * *

Le Sanctuaire

Le sanctuaire de Solis s'élevait majestueusement devant elles, une silhouette de pierre et d'espoir se découpant contre le ciel crépusculaire. Les colonnes de marbre s'élançaient vers les cieux, semblant chercher à soutenir la voûte étoilée elle-même. Diane, affaiblie, reposait dans leurs bras, sa respiration faible rythmant leurs pas précipités.

Iris, le visage caressé par les derniers rayons du soleil déclinant, se tourna vers Althea, les yeux emplis de suspicion. "Qui es-tu réellement ? Tu te présentes comme éternelle étudiante, mais ton savoir semble aller au-delà de la simple curiosité."

Althea répondit avec une douceur teintée d'une vérité non dite, "Je suis éternelle étudiante dans l'âme, toujours consciente de l'étendue de mon ignorance."

Iris, avec une pointe d'impatience, reprit : "Pendant l'attaque, quand j'ai demandé de protéger Diane, tu as conjuré un dôme de protection instantanément, sans incantations, et il était teinté de rouge – une marque de la magie de guerre."

Althea, son visage s'assombrissant légèrement, acquiesça. "Tu es décidément bien plus observatrice qu'il n'y paraît. C'est tout à ton honneur. Magie de guerre ou pas, cela reste un sort défensif."

"Il faut être formé à l'académie de guerre des mages pour maîtriser une telle magie," Iris laissa sa phrase en suspens, ses yeux exprimant un mélange de curiosité et de méfiance. "Nous avons tous nos secrets, mais ne laisse pas les tiens devenir un fardeau pour Diane."

Althea, un voile de mélancolie dans la voix, murmura : "La vigilance est essentielle, mais savoir faire confiance l'est tout autant. Peut-être que le destin nous a réunis pour une raison que nous découvrirons avec le temps. Il est encore trop tôt pour révéler certains secrets." Elle s'interrompit brusquement, son regard se détournant vers trois prêtresses du sanctuaire qui s'approchaient en hâte.

Une des prêtresses, le souffle court, s'enquit de la situation. "Voyageuse, nous allons prêter assistance à votre amie. Des informations utiles aux soins ?"

Althea expliqua rapidement son intervention magique tandis qu'Iris détaillait la nature du poison avec une précision qui n'aurait pas déparé dans les annales d'un maître assassin.

Impressionnée malgré elle, Althea observa, "Experte en poison."

Puis, s'adressant à la prêtresse, elle ajouta, "Pouvez-vous dire à Mirela Moonsong qu'Althea est là ?"

Les prêtresses s'empressèrent de transporter Diane à l'intérieur, laissant Iris et Althea seules sur les marches froides du sanctuaire. Elles s'assirent, deux silhouettes fatiguées cherchant un moment de répit.

Le sanctuaire était un lieu hors du temps, où le marbre semblait absorber les souffrances du monde. Les gravures sur les murs racontaient des histoires d'héroïsme et de guérison, tandis que le vent portait les murmures des fidèles en prière. C'était un monde de paix fragile, un sanctuaire au sens le plus pur du terme.

Althea et Iris, épuisées par les épreuves de la journée, se laissèrent gagner par la sérénité des lieux. Le poids des révélations et des secrets partagés semblait s'alléger un peu, éclipsé par l'espoir que Diane serait bientôt hors de danger. Le crépuscule déployait son voile sur le sanctuaire, et dans ce lieu saint, même les plus sombres vérités pouvaient être abordées avec espoir et confiance.

C'est ainsi qu'elles attendirent, deux guerrières liées par le destin, la tête pleine de pensées tumultueuses et le cœur lourd d'espoir, regardant les dernières lueurs du jour s'éteindre et les étoiles prendre leur place dans le firmament. Le sanctuaire de Solis, baigné dans une lumière douce et réconfortante, leur offrait un havre, un moment de calme avant la tempête qui ne manquerait pas de revenir avec l'aube.

* * *

CHAPITRE 7 :
DESTINS CROISÉS

La Prêtresse De La Lune Argentée

Il y a vingt-huit ans, dans les rues sombres et silencieuses de Valoria, sous la lumière argentée de la pleine lune et le voile d'une pluie battante, se déroulait une scène d'une désolation incommensurable. Valérius, l'aspirant archimage, courait avec une urgence désespérée, bondissant par-dessus les obstacles, guidé par un pressentiment funeste. La lumière lunaire et la pluie incessante entravaient sa course, mais la demeure d'Éliora était en vue. Deux ombres s'échappaient de la maison, l'une portant ce qui semblait être un enfant. "J'arrive trop tard", pensa-t-il, déchiré entre la poursuite des ombres et l'inquiétude pour Éliora.

Il pénétra dans la demeure, le cœur lourd de crainte. Là, Éliora gisait au sol, la vie s'échappant de son corps comme les dernières gouttes d'une pluie d'été. Valérius se précipita à ses côtés, tentant désespérément de lui prodiguer des soins magiques. "Éliora, réponds-moi !", implora-t-il, mais ses efforts étaient vains.

Dans un dernier souffle, elle murmura avec peine :

"À l'étage... mes petites...". La douleur dans ses yeux était un miroir de l'âme de Valérius, brisée par le chagrin. "Je la retrouverai, je te le promets, Éliora", s'engagea-t-il, les larmes mêlant leur sel à celui de la pluie battante.

Éliora rendit son dernier soupir, emportant avec elle une partie de la lumière qui illuminait la vie de Valérius. La maison, autrefois un havre de paix, se transforma en un mausolée éphémère, un témoignage silencieux de la tragédie qui venait de se jouer. Les cieux pleuraient, la pluie torrentielle semblant vouloir laver la scène du crime, mais rien ne pouvait effacer l'acte impardonnable qui s'était déroulé.

Valérius, submergé par un tourbillon de chagrin et de culpabilité, se ressaisit, se rappelant les derniers mots d'Éliora. Il monta précipitamment à l'étage, où il trouva Mirela, la fille d'Éliora, cachée dans un placard. Elle était enveloppée dans des draps, son regard innocent contrastant tragiquement avec la brutalité de la situation. Valérius prit la fillette dans ses bras, déterminé à la protéger coûte que coûte.

Le lendemain, alors que les premières lueurs de l'aube perçaient le ciel endeuillé, Valérius franchit les portes du Sanctuaire de Solis. L'archiprêtresse, une femme d'une sagesse et d'une compassion infinies, l'accueillit avec une douceur maternelle. "Je te confie cette enfant", déclara Valérius, la voix éraillée par l'émotion. "Sa mère était une amie, une lumière dans notre monde, désormais éteinte. Protège-la, élève-la dans la paix et dans l'amour de ces murs sacrés. Elle s'appelle Mirela, Mirela Moonsong."

La grande prêtresse accepta la charge avec une promesse silencieuse, un serment tacite de protection et d'amour. "Quel nom magnifique. Elle sera choyée et aimée ici, comme ma propre fille", répondit-elle, les yeux brillant d'une lueur d'espoir et de détermination.

Ainsi se terminait un chapitre tragique dans la vie de Valérius, un souvenir qui resterait à jamais gravé dans son cœur, un fardeau de chagrin et de responsabilité. Mais de cette nuit noire naîtrait une nouvelle aube, promesse d'un avenir meilleur pour la petite Mirela, dernier vestige de l'amour et de la lumière d'Éliora.

Et c'est ainsi que Mirela fut baptisée Prêtresse de la Lune Argentée, une enfant de la prophétie et de la promesse, grandissant sous l'égide des prêtresses du sanctuaire. Elle apprit à connaître la paix, à chanter l'harmonie et à guérir avec une grâce qui n'appartenait qu'à elle. Ses prières s'élevaient, et ses mains, baignées de lumière, tissaient des toiles de guérison sur les corps et les âmes blessés. Sa voix devenait l'écho de l'espoir, et sa présence, un phare dans les tempêtes de la vie.

Pourtant, malgré la quiétude qui entourait Mirela,

le mystère de son passé demeurait, une ombre voilée qui palpitait dans son cœur.

Mirela Moonsong, la Prêtresse de la Lune Argentée, continuait de marcher sur son chemin de lumière, inconsciente de la vérité cachée dans les replis de son histoire. Car la vérité est souvent comme la lune, révélant une face éclairée et laissant l'autre dans l'ombre, attendant que le temps vienne révéler les secrets enfouis.

❈ ❈ ❈

La Gardienne Des Arcanes Oubliés.

Il y a des moments dans l'histoire d'Elysorium où le destin prend un tournant inattendu, tissant des fils qui relient des âmes d'une manière aussi mystérieuse que significative. L'histoire, commence ainsi, avec un faucon messager et une requête de la plus haute importance.

Trois ans après l'assassinat d'Éliora, Valérius, tout juste nomé archimage, reçut un message de la grande prêtresse du Sanctuaire de Solis. Le contenu était succinct mais impérieux, poussant Valérius à se rendre immédiatement au sanctuaire. Les battements de son cœur résonnaient avec l'anxiété d'un protecteur, craignant pour la sécurité de

Mirela, la fille d'Éliora, dont il avait juré de prendre soin.

À son arrivée, la grande prêtresse le rassura : Mirela, maintenant âgée de trois ans, était en pleine santé. Mais l'objet de l'invitation était d'une autre nature. La prêtresse conduisit Valérius à la nurserie, où un berceau abritait une petite fille endormie, aussi paisible que mystérieuse. "Je te demande de conduire cette enfant à l'orphelinat de Seranthea et de la prendre sous ta protection", déclara la prêtresse d'une voix empreinte d'une solennité inhabituelle.

Valérius, interloqué, demanda des explications. Qui était cette enfant? Pourquoi était-elle abandonnée? Mais la prêtresse se contenta de lui dire que la mère de l'enfant l'avait confiée au sanctuaire et que, pour le bien de tous, il valait mieux qu'il reste dans l'ignorance de sa filiation. Ainsi, avec un cœur lourd de questions sans réponses, Valérius emmena la petite fille à l'orphelinat de Seranthea, ignorant que cet acte marquerait le début d'une épopée extraordinaire.

Elle grandit dans l'orphelinat, se révélant rapidement comme une étudiante hors du commun. Son intelligence, sa soif de connaissance et son affinité innée avec les cristaux de la plaine de Seranthea lui valurent le surnom de "la mage de cristal". Mais c'était sous le titre de "petit prodige" qu'elle était le plus souvent reconnue, que ce soit en admiration ou en sarcasme jaloux. Ses capacités exceptionnelles dans l'étude de la magie ancienne et étrangère attirèrent l'attention des plus éminents mages de l'époque.

Qualifiée de surdouée par tous ses maîtres, elle devînt gardienne à un âge remarquablement jeune, la plus jeune de l'histoire d'Elysorium. Le rôle du gardien est enveloppé de mystère; ces individus exceptionnels sont choisis pour leur érudition sans égale et leur volonté inébranlable. Ils sont les gardiens des arcanes interdits, des sorts si puissants et dangereux que leur existence même doit être dissimulée. La légende raconte que la bibliothèque interdite, accessible seulement aux gardiens, descend dans les entrailles de la terre, abritant des magies anciennes, des sortilèges elfiques bannis, des incantations démoniaques et bien d'autres secrets insondables.

Avec son intelligence stellaire et son âme insondable, elle était destinée à ce rôle. Elle était l'incarnation de la gardienne parfaite, capable de résister à l'appel séduisant du pouvoir absolu que représentaient ces connaissances interdites. Dans les profondeurs de la bibliothèque, où les grimoires et parchemins semblaient vivre de leur propre volonté, elle était également condamnée à la solitude. L'ascension d'Althea n'était pas seulement un triomphe de l'intelligence et de la détermination; c'était aussi un fardeau, celui de porter les secrets les plus sombres d'Elysorium. Dans les couloirs silencieux de la bibliothèque, elle se mouvait comme une ombre parmi les ombres, une présence aussi insaisissable que les mystères qu'elle gardait. Sa solitude n'était pas celle de l'isolement physique, mais celle d'une âme qui portait le poids du monde sur ses épaules, une gardienne veillant sur les ténèbres pour que la lumière puisse continuer à briller.

Ainsi, dans les pages de l'histoire d'Elysorium, Althea se dessinait comme une étoile solitaire dans la nuit, une lumière dansante au cœur d'un univers abyssal. Son parcours, de l'orphelinat aux salles sacrées de la bibliothèque interdite, était une odyssée de la connaissance, un voyage à travers l'âme d'une gardienne des arcanes oubliés.

*** * * ***

CHAPITRE 8 : LA FURIE DORÉE

La Furie Dorée

Dans la tiédeur de la nuit, sous le voile d'étoiles scintillantes, les silhouettes d'Iris et d'Althea se dessinaient, assises sur la froide pierre devant le Sanctuaire de Solis. Le silence était presque total, mis à part le vent qui murmurait à travers les colonnades anciennes, portant avec lui les prières et les espoirs des fidèles.

La voix d'Iris brisa le calme de la nuit, teintée de culpabilité et de résolution, ses mots tombant lourdement dans l'air comme des pierres dans l'eau calme d'un lac. "Si elle ne se remet pas complètement, je ne pourrais jamais me le pardonner. Si je ne peux la protéger de vulgaires bandits... Que va-t-il se passer en Naragath..."

Althea, d'une voix sage et tempérée par la connaissance des arcanes et des dangers du monde, répondit : "Alors vous voulez vraiment partir affronter le nécromancien sur sa terre... Assassin, mais pas moins naïve qu'une princesse. Tu sais ce qui vous attend si vous arrivez à dépasser Lunaris ? Connais-tu ce désert ?"

CHAPITRE 8 : LA FURIE DORÉE | 97

La détermination dans les yeux d'Iris ne vacilla pas. "Non. Mais peu importe, je mourrais plutôt que renoncer. Et puis... La princesse... Je crois que j'ai trouvé une raison de vivre."

"Se faire tuer, plutôt que de tuer, c'est ça ? Je vous aiderais jusqu'à Seranthea, Valerius saura vous faire entendre raison et peut-être qu'il aura vos réponses."

Iris allait répliquer quand soudain, un éclat incandescent jaillit du pendentif d'Althea. Un dôme de magie rougeâtre se déploya autour d'elle, transformant la nuit en jour avec une lumière aveuglante. Une voix tonnante, semblant descendre des cieux eux-mêmes, retentit : *"CHÂÂÂÂÂTIMENT DIVIIIIN !"*

L'impact frappa le dôme de magie avec une puissance inimaginable, faisant trembler le sanctuaire et chuter des débris des colonnes sacrées. Le dôme se fissura, tout comme le pendentif d'Althea qui se craquela sous la force de l'assaut.

Althea, perdue, murmura : "Qui donc... pourquoi..." tandis qu'Iris, désorientée par l'impact sonore, reprenait ses esprits.

Devant elles, une silhouette émergeait à travers la lumière aveuglante, enveloppée d'une aura de puissance divine. Elle leva lentement les bras, comme si elle tirait son énergie des profondeurs de la terre et des cieux, et commença son incantation, sa voix se mêlant au vent et à l'énergie qui l'entourait : "PAR L'ÉCLAT DE MILLE SOLEILS..."

"STOP", intervint une voix autoritaire. La grande prêtresse apparut sur le seuil du sanctuaire, imposant "Sanctuaire sacré majeur". La lumière disparut comme par magie, et avec elle, le dôme protecteur d'Althea. Les grandes prêtresses avaient le pouvoir d'invoquer le sort de sanctuaire qui empêche toute magie dans un rayon autour du lieu saint.

"C'est un sanctuaire divin, qui ose ne pas respecter ce sanctuaire ?", défia la grande prêtresse.

La figure lumineuse, vêtue d'une armure d'or étincelante, s'avança, une épée irradiante dans sa main. "Nul sanctuaire n'est au-dessus du jugement de Dieu", proclama-t-elle, levant son épée pour "Intervention divine". La prêtresse frémit, consciente du danger imminent.

Et c'est à ce moment que tout bascula. "Celestia, arrête !" La voix, faible mais impérieuse, était celle de Diane, soutenue par une autre prêtresse. L'inconnue, Celestia, mit un genou à terre avec déférence : "Ma princesse. Vos ravisseurs vous doivent cet instant de répit. Ils paieront le prix des tortures qu'ils vous ont infligées." Sa voix tremblante trahissait son émotion, une larme perlant le long de sa joue.

Diane, avec une clarté inattendue, répliqua : "Celestia, ce ne sont pas mes ennemis, mais mes sauveurs. Je crois qu'il faut qu'on s'explique..."

Dans la confusion des rôles et des intentions, un malentendu fut dissipé, laissant place à un nouvel espoir. Cette scène, chargée d'émotion brute et de révélations, resterait gravée dans la légende du Sanctuaire de Solis comme le moment où la vérité triompha par le fil d'une épée suspendue.

* * *

Les Présentations

Dans la chaleur réconfortante de la salle où les prêtresses se restauraient, un silence attentif s'était installé, tous les yeux convergeant vers Diane, qui se tenait avec une grâce inébranlable malgré la fatigue qui marquait ses traits.

"Je vous présente Celestia Seraphin, l'un des douze paladins célestes, celle que l'on surnomme parfois 'la fureur divine', je pense que vous savez pourquoi."

L'atmosphère était teintée de tension et d'étonnement, mais Iris ne put s'empêcher d'interjecter, une pointe d'ironie dans la voix :

"Je confirme, je n'ai jamais vu une telle fureur aveugle !"

Celestia, dont l'armure d'or reflétait la lumière des torches comme autant de petits soleils capturés, répondit avec une conviction qui semblait inébranlable : "Les aveugles sont ceux qui ne regardent pas la lumière de Dieu de face et..."

Mais elle fut interrompue par Althea, dont la curiosité scientifique la poussait à comprendre, plutôt qu'à juger : "Et pourquoi nous attaquer ?!"

Diane, avec la sagesse d'une dirigeante née, prit le contrôle de la conversation : "Celestia est ma protectrice."

"C'est ma seule mission," confirma Celestia, sa voix aussi ferme que l'éclat de son épée.

"Celestia a été jugée incontrôlable, impulsive et rebelle par les autres paladins célestes..." Diane laissa la phrase en suspens, regardant sa protectrice avec un mélange de respect et d'affection.

Celestia tenta de protester, mais Diane continua : "Et donc, elle se consacre à ma protection et elle a dû penser que vous étiez mes ravisseurs."

L'histoire se déroula ensuite, Diane partageant avec Celestia les épreuves et les rencontres qui avaient marqué leur aventure jusqu'à présent. Les yeux de Celestia s'illuminèrent d'une émotion intense :

"Un nécromancien s'en prend à votre mère. Je peux enfin contempler mon destin, tant d'années à l'apercevoir, maintenant je le connais."

Iris, non sans un brin d'humour, chuchota à Althea : "Je n'ai jamais vu pareille illuminée, même trop illuminée pour d'autres paladins !"

"La puissance des paladins est directement liée à leur foi et à l'intensité de leurs sentiments," expliqua Althea, "ce qui explique qu'elle a réussi à fissurer le pendentif de protection. Quelle fureur !"

Puis, s'adressant à l'assemblée avec une voix qui portait la chaleur de l'amitié, Althea présenta : "Comme nous en sommes aux présentations, je vous présente Mirela Moonsong, une prêtresse de lumière et mon amie."

La tension s'évapora comme la brume sous le soleil matinal. Ils mangèrent tous ensemble, les rires fusant entre les murs séculaires, transformant le quiproquo en une anecdote qui, avec le temps, serait racontée avec un sourire nostalgique et une admiration mutuelle. Le destin, capricieux et insaisissable, avait tissé ses fils d'une manière inattendue, unissant ces âmes dans un récit qui serait chanté par les bardes pour les siècles à venir.

* * *

En Route Pour Seranthea

Dans l'embrun de l'aube éveillée, la troupe se tenait devant le sanctuaire de Solis, où les premiers rayons du soleil caressaient le marbre ancestral, annonçant un départ imminent vers Seranthea. Diane, dont l'éclat de santé avait été restauré par la magie de Mirela, affichait un sourire radieux, reflet de sa gratitude.

"Mirela, tu ne veux pas nous accompagner ? On aura besoin d'une guérisseuse dans notre troupe ! En plus, je t'apprécie beaucoup ! Et puis, tu ressembles comme deux gouttes d'eau à Iris, tu pourrais être sa sœur ! " lança-t-elle, un rire contagieux s'échappant de ses lèvres.

Ces mots déclenchèrent un frémissement chez Iris, un écho des paroles antérieures de la prêtresse. "Mettons-nous en route, il est temps d'avoir des réponses à nos questions," déclara-t-elle, une lueur déterminée brillant dans ses yeux d'acier.

Mirela, humble et dévouée, regarda la grande prêtresse, son mentor et guide spirituel : "Ma place est au sanctuaire, à côté de la grande prêtresse."

"Cependant," interjeta la grande prêtresse, "tu pourrais les accompagner jusqu'à Seranthea. Il me faudrait quelques cristaux rares et également

CHAPITRE 8 : LA FURIE DORÉE | 103

un parchemin que devait me faire parvenir l'archimage Valerius."

"Entendu, mère," répondit Mirela avec un respect empreint d'affection.

Leur convoi, composé de Mirela, Iris, Diane, Althea et Celestia, prit le départ pour la ville des mages. Ils quittèrent les rives scintillantes du Lac Blanc, laissant derrière eux le sanctuaire de Solis, et se dirigèrent vers le sud, le cœur léger, marchant sur le chemin qui serpente entre la forêt des Quatre Vents et les Marais des Murmures.

La route se déroulait devant eux telle une promesse, une invitation à l'aventure, bordée par la mélodie des murmures des marais et le chuchotement des feuilles dans les arbres. Diane partagea ses souvenirs d'enfance avec Iris, évoquant les couchers de soleil sur les Plaines de Cristal, des moments d'une beauté si pure qu'ils semblaient suspendre le temps lui-même.

Alors qu'elles s'engageaient sur la route, deux jeunes loups affamés surgirent, leurs yeux luisants reflétant l'intention et la faim. Celestia, les traits empreints de la rigueur d'une vie consacrée à la bataille, brandit son épée et commença son invocation : "PAR L'ÉCLAT DE MILLE SOLEILS..." Mais Iris, avec une agilité et une précision qui témoignaient de ses années de formation, lança ses dagues avant que Celestia n'ait pu terminer, mettant fin à la menace en un instant.

Althea, un sourire en coin, s'adressa à Celestia : "Je crois que nous allons devoir commencer à parler stratégie. Il me semble que l'explosion de mille soleils, c'est un peu démesuré pour deux jeunes loups." Un signe d'approbation circula entre elles, suivi d'un rire unanime. Celestia, légèrement renfrognée mais avec une lueur d'auto-dérision dans les yeux, répliqua : "Très bien. Mais on ne sait jamais avec les loups..."

Leur éclat de rire fut interrompu par l'émerveillement devant la vue qui s'étendait à leurs pieds. Les Plaines de Cristal se révélaient dans toute leur splendeur, un tapis de gemmes étincelantes sous la caresse du soleil.

Iris, les yeux écarquillés d'émerveillement, avançait prudemment, captivée par le scintillement des cristaux. "C'est comme marcher dans un rêve," murmura-t-elle, sa voix mêlée d'admiration et d'éblouissement.

Diane, à ses côtés, souriait, baignée dans les souvenirs d'enfance. "Ma mère m'emmenait ici, pour admirer les couchers de soleil. Chaque cristal brillait comme une étoile, une mélodie visuelle inoubliable," raconta-t-elle, sa voix teintée de nostalgie.

Celestia, avançant avec la dignité d'une guerrière,

son armure d'or étincelante, ressemblait à un cristal animé parmi les cristaux. Son reflet dans les gemmes ajoutait à la magie de l'instant, une guerrière céleste parmi les étoiles terrestres.

Mirela et Althea, familières avec ces merveilles, avançaient avec un sentiment de révérence. Althea, absorbant avec plaisir les émanations de magie, partageait ses connaissances : "Chaque cristal est un concentré d'énergie magique, un puits de savoir en dormance."

Toutefois, son expression se fit plus sérieuse alors qu'elle ajoutait : "Il est préférable de rester en périphérie. La concentration de magie ici peut être accablante, voire nocive pour ceux non accoutumés à de telles forces."

Guidées par Althea, elles progressèrent prudemment, longeant les bords des Plaines de Cristal, tout en restant émerveillées par leur beauté et leur puissance. Chaque pas était un équilibre entre admiration et prudence, un chemin tracé entre la fascination et le respect des forces anciennes qui dormaient sous leurs pieds.

Finalement, après avoir traversé ce paysage enchanteur, la ville de Seranthea se révélait à elles, scintillant comme un mirage, une oasis de lumière et de savoir. Les cristaux, telles des étoiles tombées sur terre, réfractaient la lumière en un kaléidoscope de couleurs, peignant une toile vivante de lumière et de magie.

Ébahies, elles pénétrèrent dans la ville, traversant les portes ouvragées qui semblaient accueillir les chercheurs de vérité et les gardiens de connaissances avec une égale bienveillance. Les rues de Seranthea bouillonnaient d'une activité studieuse, les mages déambulant entre les bibliothèques et les laboratoires, tandis que les marchés offraient aux curieux des merveilles et des trésors de tous les coins du monde connu.

Leur périple à travers la ville fut un périple à travers la connaissance elle-même, chaque pavé, chaque bâtiment, racontant l'histoire d'un peuple dédié à la quête éternelle du savoir. La musique des sphères semblait s'accorder à leur passage, et dans l'air, flottait la promesse de secrets à découvrir et de mystères à élucider.

C'était une ville de rêves cristallisés, de théories tissées dans le tissu même de la réalité, où chaque mot prononcé résonnait avec le poids de l'histoire et chaque pensée était une étincelle dans l'obscurité de l'ignorance. Et pour nos voyageuses, Seranthea était bien plus qu'une étape dans leur quête – c'était le reflet de ce que l'humanité pouvait accomplir avec la volonté, l'audace et l'esprit ouvert aux merveilles de l'univers.

Leur aventure ne faisait que commencer, mais déjà, elles savaient que les liens forgés sur le chemin, dans l'épreuve et le rire, étaient ceux qui illumineraient le plus sombre des chemins et guideraient leurs pas vers des horizons toujours plus vastes.

❋ ❋ ❋

CHAPITRE 9 : LA CITÉ DES MAGES

Seranthea

Au sein de Seranthea, la cité des mages, l'air vibrait de l'écho de sortilèges murmurés et de la lumière des cristaux qui parsemaient les voûtes célestes. L'architecture même semblait pliée par la volonté des arcanistes, les tours et les édifices s'élançant vers le firmament comme pour capturer les secrets des dieux.

Althea, les yeux pétillants de fierté, prenait la tête, guidant ses compagnons à travers la métropole enchanteresse. "Seranthea n'est pas seulement un lieu, c'est un chant d'espoir et de possibilités," leur disait-elle, ses mains décrivant les courbes des édifices comme si elle les sculptait dans l'air.

Le premier arrêt fut le Jardin des Constellations, un labyrinthe végétal où chaque allée était alignée avec une constellation, les plantes choisies pour leur floraison nocturne qui réfléchissait la lumière des étoiles correspondantes. "La nuit, c'est comme si le ciel descendait parmi nous," murmura Althea, "et chacun peut se promener dans les étoiles."

Puis elles traversèrent le Pont des Souffles, un

ouvrage d'art translucide suspendu au-dessus de la rivière Murmure. Ici, les vents étaient capturés dans des récipients de cristal, chacun chantant une mélodie différente lorsque le vent le traversait, créant une symphonie naturelle qui accompagnait les passants.

Elles passèrent devant la Bibliothèque Sans Fin, un labyrinthe de savoir dont on disait qu'il s'étendait aussi loin sous terre qu'il montait haut dans le ciel. Les façades étaient gravées de runes anciennes qui s'illuminaient à l'approche des chercheurs, les guidant vers les ouvrages qu'ils recherchaient.

Quittant les échos savants de la Bibliothèque Sans Fin, avec ses runes qui chuchotaient des siècles de connaissances, leur chemin les mena doucement à la jonction entre l'érudition et la création. Tandis qu'ils s'éloignaient, les lumières des runes s'estompaient dans leur sillage, comme pour sceller les secrets une fois partagés. La transition entre le savoir ancien et l'ingéniosité actuelle se faisait sentir, menant naturellement à l'Atelier des Horizons.

Dans l'enceinte sacrée de Seranthea, l'Atelier des Horizons émergeait comme une promesse d'infinité. Cet espace, où les mages aspirants et les maîtres vénérés se croisaient, était un carrefour d'énergies convergentes. Ici, les murs étaient incrustés de gemmes qui pulsaient au rythme de la terre, et des globes de lumière flottaient, guidant les apprentis dans leurs méditations. Althea, avec une lueur d'admiration dans le regard, les mena parmi les tables de travail où les mages tissaient les fils de l'avenir, créant des artefacts destinés à devenir légendaires. "Chaque création ici est le début d'une nouvelle aventure," leur expliqua-t-elle, sa voix un fil d'argent dans le tissu du silence studieux.

Plus loin, elles arrivèrent au Dôme des Mille Vérités, un sanctuaire de divination où les orbes de cristal flottants révélaient des fragments de futur à ceux qui osaient questionner le destin. Sous le dôme ouvert sur le ciel, des sphères tournoyaient, émettant des éclats de lumière qui se projetaient en des visions éphémères sur les murs de marbre, offrant des aperçus des potentialités de demain. "Les mages viennent ici chercher des orientations, mais les plus sages savent que chaque vision n'est qu'un fil parmi un tissu de possibilités," chuchota Althea, guidant leurs pas à travers le kaléidoscope de l'avenir.

Leur exploration de Seranthea fut un voyage à travers la magie incarnée, chaque coin de rue, chaque pavé, chaque brise chargée d'une histoire et d'un sortilège. C'était une cité où l'ordinaire se mêlait à l'extraordinaire, où chaque jour était une célébration de l'art ancien des mages et un hymne à l'infini potentiel de l'âme humaine.

Elles se dirigèrent finalement vers la Tour de l'Archimage Valerius. La tour elle-même était une spirale de pierre et de verre, s'enroulant comme la coquille d'un ancien gastéropode céleste. Elle pulsait de magie, ses murs chatoyants reflétant les différentes écoles de magie enseignées en son sein.

À l'entrée, un golem de garde, composé de pierres anciennes et de glyphes protecteurs, les salua d'une voix qui semblait composée de milliers de murmures superposés. "Bienvenue, chercheurs de vérité," dit-il, s'écartant pour les laisser entrer.

À l'intérieur, la tour était encore plus impressionnante. Des escaliers en colimaçon flottaient sans soutien, montant et descendant entre les étages comme portés par une volonté invisible. Des globes de lumière, semblables à des lucioles capturées, éclairaient le chemin, et l'air était imprégné de l'odeur de l'encre magique et des vieux parchemins.

Althea mena le groupe à travers les couloirs silencieux, chaque pas résonnant sur le marbre comme un battement de cœur dans la poitrine du monde. "L'Archimage Valerius est le gardien de la connaissance, le pont entre l'ancien et le nouveau," expliqua-t-elle. "C'est lui qui va nous aider à comprendre les mystères qui nous entourent."

*** * ***

La Disparition

Alors que la troupe ascendait la spirale éthérée de la Tour de l'Archimage Valerius, leurs cœurs battaient au rythme de l'anticipation et de l'inquiétude, mêlées telles les couleurs d'un crépuscule incertain. La tour, telle une gardienne de mystères ancestraux, semblait vibrer des murmures arcanes de mages disparus, sa présence une toile tendue entre le passé et l'avenir.

Une fois au sommet, ils furent accueillis non par l'Archimage, mais par ses disciples au visage émacié par l'anxiété. "Maîtresse Althea," l'un d'eux commença, la voix tremblante, "l'Archimage Valerius reste introuvable depuis son dernier voyage, et ses échos sont muets depuis plusieurs jours." Le poids de l'absence de Valerius tomba sur eux, lourd comme le voile de la nuit tombante.

Un mage tendit alors à Althea une série de messages laissés par le faucon messager. Althea déroula les messages avec une délicatesse, comme si elle craignait que les mots ne s'envolent. Le message de Valerius, écrit d'une main ferme et familière, vibrait d'un optimisme qui semblait à présent un lointain murmure : "Je suis à Solaria, tout va bien. J'ai rendu visite à Hestia Carmina, elle espère un visite d'Althea un jour prochain!" Le ton familier et chaleureux de Valerius apporta un léger réconfort. L'évocation d'Hestia Carmina, figure renommée parmi les sages, esquissa un sourire fugace sur les lèvres d'Althea, qui murmura : "Hestia, gardienne des flammes éternelles..."

Le dernier message était plus préoccupant : "Demain, au lever du soleil, je pars pour Lunaris. La situation est alarmante, la cité est fermée aux mages. C'est inexplicable. Cassandra devrait m'accueillir." Althea répéta le nom de Cassandra comme une incantation, une clé de voûte dans l'arche de leur quête.

La disparition de Valerius enveloppait leur quête d'une ombre d'incertitude. Althea, hésitante à affronter le regard de ses compagnons, gardait le silence.

Les disciples précisèrent qu'aucune démarche n'avait été entreprise, aucun signe de danger n'ayant été détecté. Les mages disposaient en effet de sortilèges et artefacts capables de signaler toute situation critique ou danger imminent, ce qui laissait penser que Valerius était peut-être en sécurité.

Mais pour l'instant, ils se trouvaient dans la cité érudite de Seranthea, où chaque élément portait en lui une leçon ancestrale. Ils devaient profiter de ce temps pour se préparer, rassemblant force et sagesse en prévision des défis à venir. Dans leur quête de la vérité, chaque indice était précieux, tissant leur destinée dans la vaste tapisserie de l'histoire.

Et tandis que les étoiles commençaient à parsemer le crépuscule naissant, ils savaient que leur aventure était loin d'être terminée. La disparition de Valerius était un mystère de plus à élucider, une ombre à chasser par la lumière de leur persévérance. Avec la tour comme témoin silencieux, ils se promirent de suivre la voie des réponses, peu importe les vents et les marées que le sort leur réservait.

* * *

Le Plan

Au cœur de la bibliothèque de la Tour des Mages, les chuchotements des parchemins ancestraux se mêlaient aux voix de nos aventuriers. Althea se dressait, incarnant la résolution et l'intellect, son ombre de sagesse tempérée par l'inquiétude qui voilait son regard. "L'absence de nouvelles de Valerius est inhabituelle... Il doit y avoir une raison," prononça-t-elle, infusant dans ses mots autant de réconfort que d'espoir, autant pour elle-même que pour ses compagnons.

"Profitez de l'effervescence de Seranthea, retrouvez vos forces," conseilla-t-elle, sa voix révélant une légère anxiété. "Retrouvons-nous ce soir à l'auberge du Mage Dansant. Je dois organiser notre départ pour Solaria et contacter Iridia Skyfury à Stellarae. Elle doit être informée."

Ses yeux scrutèrent l'horizon, comme si elle pouvait y déchiffrer le mystère enveloppant Valerius. "Une fois le détroit franchi, nous entrerons en territoire hostile…."

La nuit tombait sur Seranthea, drapant la cité d'une aura mystique. Les ruelles s'illuminaient de rires et de chuchotements, les étals nocturnes scintillant sous la lueur des chandelles. Les mages, libres de leurs obligations diurnes, animaient les rues de leurs récits et enchantements. Malgré l'ombre qui planait sur leurs esprits, le groupe se laissa captiver par l'enchantement de la ville.

À l'ombre protectrice de la nuit, l'auberge du Mage Dansant les accueillit dans son écrin chaleureux. Autour d'un repas copieux, Althea, émanant d'une aura de leader naturel, partagea son plan. "Iris et moi partons ce soir, légères et rapides, en direction de Solaria."

Celestia se leva, son geste résonnant d'une détermination silencieuse. La prestance d'Althea ne cessait de l'émerveiller.

Iris, attentive, interrogea sur le chemin à emprunter. "Le Bouclier Oriental ou les marais d'acide. Choix difficile, mais nécessaire pour la rapidité," expliqua Althea, ses yeux pétillant de stratégie.

Se tournant vers le reste du groupe, elle poursuivit : "Celestia, Mirela, Diane, vous partirez avec les caravanes demain. Un expert du désert vous accompagnera. À Solaria, Ruby Foxglove vous contactera. En cas de danger, Hestia Carmina vous offrira refuge."

Iris, impressionnée malgré elle, observait Althea. Comment pouvait-elle, si jeune, dégager autant de prestance et de savoir-faire ? C'était comme si la mage avait vécu mille vies, chacune ajoutant à son aura de commandement.

Les montagnes du Bouclier Oriental étaient réputées pour leur inhospitalité, et le climat y était d'une rudesse à geler les os. "Équipez-vous bien. Quand vous arriverez, j'espère qu'Iris et moi aurons déjà des réponses…"

Iris, l'œil pétillant d'un humour indéfectible, ajouta : "C'est parti pour un voyage avec la mage étudiante novice qui manie la magie de guerre comme je manie la dague." Son clin d'œil en direction d'Althea déclencha un rire complice autour de la table.

Althea, bien que jeune, imposait le respect par son aura charismatique. Elle avait cette qualité indéfinissable des leaders nés, de ceux qui émergent naturellement en temps de crise, prêts à guider les autres à travers les tempêtes les plus sombres.

Ainsi, le groupe se scinda, deux éclats d'une même volonté, séparés par le chemin mais unis par un objectif commun. Dans la chaleur de l'auberge, les plans furent peaufinés, les dernières paroles échangées avec gravité, et les cœurs liés par une amitié forgée dans l'épreuve et le feu des combats à venir.

Leur séparation n'était pas un adieu, mais une promesse tacite de se retrouver, forts de nouvelles connaissances et prêts à affronter ensemble les défis qui les attendaient. Car dans la danse du destin, chaque pas éloigné n'était qu'un prélude à un futur rassemblement, où chaque expérience serait partagée et chaque victoire célébrée avec la ferveur de ceux qui ont traversé les ombres pour atteindre la lumière.

* * *

CHAPITRE 10: LA CITÉ DU SOLEIL

Départ Vers Solara

Dans la douceur enveloppante de la nuit, sous l'éclat des étoiles qui semblent guider leur chemin, Iris et Althea quittent la cité des mages, Seranthea, par la porte du Zénith. Leur départ, discret et rapide, est marqué par une complicité naissante, une harmonie de pas et d'intentions qui résonne dans le silence de la nuit.

Leur passage chez Althea, quelques heures auparavant, avait révélé un lieu de vie empreint de solitude et de savoir. Des étagères croulant sous le poids des livres, des grimoires anciens et des parchemins parsemaient l'espace, chaque objet racontant une histoire, chaque page murmurant un secret. Iris avait observé un brin fascinée, cette caverne d'Althea, un reflet de son esprit aussi vaste que les galaxies lointaines.

Parmi les trésors de la caverne d'Althea, un globe céleste avait particulièrement attiré l'attention d'Iris. Suspendu dans les airs, il tournait lentement, projetant des constellations de lumière sur les murs. Les étoiles et les planètes, minutieusement incrustées de pierres précieuses, scintillaient

CHAPITRE 10: LA CITÉ DU SOLEIL | 121

d'un éclat doux et envoûtant. Ce globe n'est pas seulement une œuvre d'art ; il était un compendium de l'univers, un atlas des cieux qui semble palpiter d'une vie propre. "C'est un héritage de mon maître," avait expliqué Althea en suivant du regard le mouvement gracieux du globe. "Chaque gemme représente une étoile, et chaque constellation a une histoire. C'est un rappel que nous sommes tous liés au grand ballet de l'univers." Sa voix s'était teintée de nostalgie alors qu'elle caressait doucement la surface du globe, comme pour réveiller les souvenirs des nuits passées à étudier les mystères des étoiles.

Althea, dans un tourbillon de préparatifs, avait remis à Iris divers objets enchantés. "Prends ça, mets-le dans ton sac," dit-elle en lui tendant un artefact mystérieux. "Enfile ce collier, mets ce bracelet, garde cette potion." Iris n'avait guère le temps de protester qu'elle s'était retrouvée parée de bijoux scintillants, contrastant étrangement avec son accoutrement d'assassin. Le diadème qu'Althea lui avait confié, un ouvrage délicat de métal et de pierres lumineuses, semblait être la clé de quelque arcane inconnue.

À présent, alors qu'elles franchissaient la porte de la ville, le monde de Seranthea s'effaçait derrière elles, laissant place à l'immensité de la nuit et aux mystères qu'elle recelait. Les étoiles, comme des yeux bienveillants, veillaient sur leur route, tandis que la lune, un croissant pâle dans le ciel, éclairait leur chemin.

Leur voyage était plus qu'une simple traversée ; c'était une danse entre les ombres et la lumière, un ballet silencieux où chaque mouvement était mesuré, chaque geste chargé de significations. La complicité entre Iris et Althea, forgée dans les flammes des épreuves passées, brillait dans leurs regards et se reflétait dans leurs pas assurés.

Leurs cœurs battaient à l'unisson avec le rythme de la nuit, et leurs esprits s'entrelaçaient dans un tissu de confiance et de détermination. Ensemble, elles s'enfonçaient dans l'inconnu, deux âmes liées par un destin qui les dépassait, deux guerrières marchant côte à côte vers les réponses que seul l'avenir pouvait leur apporter.

Et dans cette nuit où le temps semblait suspendu, leur voyage vers Solaria commençait, une promesse d'aventures qui n'avaient pas encore été écrites.
Dans la sérénité enveloppante de la Vallée de la Tranquillité, Iris et Althea, bercées par le murmure des feuilles et le clapotis des rivières, établirent leur bivouac. Sous le voile stellaire, elles se préparaient à quelques heures de repos, avant que l'aube ne vienne repeindre le ciel de ses couleurs chatoyantes.

Alors qu'elles s'apprêtaient à s'assoupir, Iris, l'ombre d'une préoccupation dans le regard, murmura : "J'espère que tu as bien choisi le guerrier pour les accompagner, je ne peux m'empêcher de m'inquiéter."

Althea, un sourire rassurant aux lèvres, répondit d'une voix douce : "Avec Celestia à leurs côtés, elles sont déjà en sécurité sur cette partie du continent. Mais si cela peut te rassurer, j'ai demandé à Ukrolm, connu sous le nom de 'Colosse de Kethara', de les accompagner."

À ces mots, un sourire s'esquissa sur les lèvres d'Iris. Ce n'était pas seulement un sourire de soulagement, mais aussi un sourire d'admiration et de reconnaissance pour la perspicacité d'Althea. "Toi alors..." souffla-t-elle, un éclat de tendresse fugace illuminant son regard.

Connaissant bien la réputation d'Ukrolm, Iris s'endormit paisiblement, rassurée par le choix judicieux d'Althea. Dans ce moment suspendu, sous le ciel étoilé, leurs cœurs battaient à l'unisson, unis dans la confiance et l'espoir pour les défis à venir.

Alors que les premiers rayons du soleil perçaient l'horizon, Iris et Althea étaient déjà affairées à plier leur bivouac. Tandis qu'elle rangeait ses affaires, Iris ne put s'empêcher de partager son enthousiasme : "Je n'en reviens pas qu'Ukrolm va les accompagner. Je donnerais cher pour voir la tête de Diane ! J'ai entendu tant de légendes à son sujet !

On dit qu'il mesure trois mètres de haut et qu'il aurait affronté un griffon à mains nues !"

Althea, un sourire amusé aux lèvres, répondit : "Le peuple aime exagérer les exploits de ses guerriers ! Il doit faire deux mètres trente, et s'il avait réellement affronté un griffon à mains nues, il serait certainement moins imposant aujourd'hui." Leurs rires complices résonnèrent dans l'air matinal, emplissant la vallée de leur bonne humeur.

Poursuivant leur marche à travers la Vallée de la Tranquillité, elles se laissaient porter par l'ambiance sereine du lieu. La vallée, fidèle à son nom, offrait un paysage où le temps semblait suspendu : un vent léger caressait les arbres aux feuilles jaunies, et le silence était si profond qu'on aurait pu entendre le battement d'ailes d'un papillon.

Soudain, Iris, pointant vers le sud, s'exclama avec émerveillement : "Tu as vu la couleur de cette forêt ?! C'est magnifique ces arbres violets ! Est-ce que c'est dû aux cristaux ?"

Mais Althea perdit son sourire. "C'est la forêt de Calista, domaine de Calista Nyxaria, la magicienne solitaire. Il est préférable d'ignorer son existence. Continuons."

À la tombée de la nuit, elles établirent leur camp

à la lisière de la Mer d'Icarion, une étendue d'eau close, gardée par le Détroit qui séparait Solara de Lunaris. Devant elles, au sud, s'étendait Solara, leur prochaine étape après avoir contourné le Bouclier Oriental par la vallée.

Le Marais Brûlant, avec ses vapeurs sulfureuses et ses flots acides, les attendait au petit matin. Althea prépara un chiffon avec une solution alchimique qui cristallisait les gaz acides en une enveloppe protectrice. "Couvre-toi le visage, cela te permettra de respirer presque normalement."

Elle plaça ensuite un diadème sur le front d'Iris, une pièce d'une finesse inouïe avec une gemme magique qui scintillait dans l'obscurité du marécage. "Cette pierre nous guidera sans nous perdre de vue," expliqua-t-elle.

Iris, touchée par la prévenance d'Althea, sentait que la mage avait peut-être déjà dénoué certains fils de l'énigme qui les entourait. Son intelligence, comme les étoiles au-dessus d'eux, guidait leur chemin dans l'obscurité de l'inconnu.

La traversée du Marais Brûlant se fit dans un silence tendu, brisé uniquement par le crissement des cristaux se formant sur leurs masques improvisés. L'atmosphère était une morsure acide, chaque inspiration un défi à la suffocation. À la lisière du marais, elles s'effondrèrent, épuisées, libérant leur visage des voiles cristallisés qui les avaient à peine protégées des vapeurs corrosives.

Près de l'onde rassurante de la Mer d'Icarion, elles se délestèrent de leurs vêtements souillés, les rinçant avec empressement dans l'eau salée. La mer, dans sa majesté infinie, semblait les accueillir, laver leurs peines et leurs douleurs.

Althea, les yeux brillants d'une admiration non feinte, observa Iris dont le corps sculpté par les exigences de son art révélait une force et une grâce peu communes. "Tes muscles racontent l'histoire de tes batailles, Iris," dit-elle avec un sourire sincère. "Chaque contour témoigne d'une discipline de fer et d'un esprit inébranlable."

Iris, en retour, ne put s'empêcher d'admirer Althea dont l'intelligence était rivalisée par la splendeur de sa forme s'adonnant aux flots. "Il n'y a pas que dans la sagesse que tu excelles," pensa-t-elle, la mage dévoilant une beauté à l'égal de son esprit vif.

Le soleil, dans son ascension céleste, sécha leurs vêtements étendus sur le sable chaud, tandis qu'elles se délectaient de poissons que l'habileté d'Iris avait su extraire de la mer. La scène, baignée par la lumière dorée de l'après-midi, était d'une beauté à couper le souffle, un moment d'éternité capturé entre l'azur du ciel et l'or du sable.

Althea rompit le silence qui s'était installé, confortable et paisible. "Aujourd'hui, la route n'a pas été longue, mais elle a été rude," concéda-t-elle avec un soupir de contentement. "La bonne nouvelle, c'est que nous sommes en Maridora et que le chemin jusqu'à Solara nous sera doux et clément."

La plage devint leur refuge pour la nuit, sous un ciel étoilé d'une clarté saisissante. Le murmure des vagues leur berceau, la chaleur du sable leur lit, elles s'endormirent avec l'assurance que le pire était derrière elles et que l'aventure, bien que périlleuse, leur avait accordé un moment de paix inoubliable.

Après une marche résolue sous le ciel dégagé de Maridora, Althea et Iris virent se profiler à l'horizon les silhouettes dorées de Solara, la perle du sud. La cité, bâtie en hommage à l'astre du jour, était une ode au soleil, chaque structure reflétant sa lumière d'une manière qui semblait raviver la flamme céleste elle-même. La haute tour centrale, surmontée d'un dôme scintillant, rivalisait avec la brillance de l'astre diurne, son éclat visible même à des lieues à la ronde.

Les portes de la ville s'ouvrirent devant elles sans la moindre résistance, les gardes offrant des hochements de tête distraits, habitués à un flux constant d'aventuriers et de voyageurs. La lumière intense de Solara enveloppait tout, baignant la cité dans une chaleur réconfortante et une clarté éclatante.

Iris, les yeux plissés sous l'éclat omniprésent, ne put s'empêcher d'admirer les vêtements légers et colorés des passants, qui se mouvaient avec une aisance insouciante dans les ruelles animées. La ville, célèbre pour ses plages de sable fin et ses eaux cristallines, attirait en son sein des âmes cherchant le repos ou l'aventure, et nombreux étaient ceux qui, charmés par son aura solaire, choisissaient d'y établir demeure.

Des palmiers s'élevaient fièrement le long des avenues pavées de marbre, leurs frondes s'agitant doucement dans la brise marine. Le son des vagues se mêlait au brouhaha de la cité, créant une mélodie relaxante qui invitait à la détente et à la contemplation.

L'architecture de Solara faisait la part belle aux matériaux réfléchissants et clairs, du marbre blanc veiné d'or aux mosaïques éblouissantes qui ornaient les fontaines et les places publiques. Les édifices, aux lignes épurées et élégantes, s'harmonisaient avec les espaces ouverts, offrant à chaque regard des perspectives captivantes et des jeux de lumière sans cesse renouvelés.

En traversant la cité, Iris et Althea furent frappées par l'ambiance de fête qui semblait régner en permanence, les marchés débordant de fruits exotiques et de bijoux étincelants, tandis que les musiciens et les artistes de rue partageaient leur art avec générosité. Solara était un tableau vivant, une célébration perpétuelle de la vie sous le regard bienveillant du soleil.

* * *

Le Phoenix Et Le Renard

Lorsque Althea mentionna la haute ville, les beaux quartiers, Iris ressentit l'écart entre les rues pavées de connaissances de Seranthea et le luxe imminent de Solara. "Nous rendons visite à la fameuse... comment déjà ? Lissia ?" interrogea Iris, ses souvenirs encore embrouillés par les récentes épreuves.

"Hestia Carmina, l'archimage incandescente, celle qui ordonne aux flammes," corrigea Althea avec un sourire illuminé de respect. "Un jour, je te conterai l'histoire de celle qu'on appelle 'Le Phénix Écarlate'."

"Phénix, rien que ça... Donc c'est une mage qui manipule le feu..." réfléchit Iris, impressionnée malgré elle par le surnom flamboyant.

Althea hocha la tête, confirmant non seulement le talent d'Hestia pour la pyromancie mais aussi leur rendez-vous : "Elle devrait nous attendre avec Ruby qui ira accueillir nos amies à leur arrivée."

"Ah oui, la p'tite arnaqueuse," rit Iris, un sourire espiègle se dessinant sur ses lèvres, alors qu'elles approchaient d'une demeure éclatante.

Devant elles, la demeure se tenait avec dignité, sa porte d'entrée ornée d'une inscription qui captura leur attention : "Dans le cœur ardent du feu, réside la volonté de forger des destinées." Les mots, sculptés dans le bois massif, semblaient vibrer d'une force intérieure, comme si la porte elle-même était le seuil d'un monde régi par les flammes.

Poussant la porte, elles furent accueillies par un jardin aux allures de paysage volcanique, où la pierre de lave et les plantes résistantes à la chaleur s'entremêlaient en une étrange harmonie. C'était un bout de terre où la vie s'accrochait avec ardeur, un préambule parfait à la rencontre avec une maîtresse du feu.

Elles traversèrent ensuite une grande pièce aux colonnes majestueuses, conduisant à une arche ouverte qui offrait une vue spectaculaire sur la mer. L'étendue azurée s'étalait majestueusement sous leurs yeux, son immensité reflétant le ciel comme un miroir des dieux. La brise marine, imprégnée de sel et de mystère, caressait leur peau, invitant à la contemplation.

Le balcon, dominant ce panorama marin, aurait à coup sûr suscité les vers les plus sublimes de Baldair le Voyageur, ce barde dont la renommée s'étend à travers les royaumes. Chaque composant de cette scène semblait entonner un hymne à la beauté et à l'éternité. C'était une fresque vivante où ciel, mer et terre s'unissaient en une harmonieuse symphonie de teintes et de lumières, un poème muet célébrant la majesté du créé.

Dans l'embrasure de la porte, les silhouettes d'Hestia Carmina et Ruby Foxglove se détachaient avec une élégance saisissante, telle une conjonction parfaite entre le feu et l'ombre. Hestia, avec sa chevelure d'un rouge flamboyant, ondulait telles les lueurs d'un crépuscule embrasé, tandis que ses yeux saphir brillaient d'une passion ardente pour la magie. Son allure était celle d'une gardienne des flammes éternelles, une mage qui avait appris à danser avec le danger, et dont la présence évoquait la chaleur réconfortante et la lumière indomptable du feu.

À ses côtés, Ruby Foxglove, l'Arnaqueuse aux yeux d'ambre, incarnait la ruse et l'agilité, enveloppée dans les ténèbres de son manteau noir. Sa prestance était celle d'une ombre vivante, glissant parmi les murmures de la cité, aussi insaisissable que le vent nocturne. La malice dans son sourire et l'intelligence dans son regard faisaient écho au charisme brûlant d'Hestia, formant une alliance improbable où la lumière et les ténèbres se côtoyaient sans se consumer.

La rencontre d'Iris et Althea avec ces deux personnages illustres était un spectacle de dualité harmonieuse, unissant le charme incendiaire de l'archimage et l'astuce ombrageuse de l'arnaqueuse. Ensemble, elles formaient un tableau vivant où chaque couleur et chaque forme racontaient l'histoire d'un monde où la puissance et la finesse étaient les clés de toutes les énigmes.

* * *

Du Soleil À La Lune

Les murmures de la ville s'étaient estompés dans la chaleur dorée de la soirée, il ne restait que quatre silhouettes savourant un vin de la Cité du Soleil. Ruby, l'Arnaqueuse, exposait la situation avec une gravité inhabituelle. "Le vent a tourné à Lunaris, et les mages sont devenus des ombres indésirables," expliqua-t-elle, dévoilant une tension grandissante au sein de la cité lumineuse.

Iris pencha la tête, l'incompréhension teintée d'urgence dans son timbre. "Mais qu'est-ce qui pourrait justifier une telle vindicte ? Et Valerius, aurait-il été emporté par cette vague de haine ?"

Le regard d'Hestia, sombre comme les cendres

après un feu intense, se perdait dans les flammes de son passé. "L'histoire semble se répéter... Jadis, mon exil de mon île natale était marqué par des accusations similaires," sa voix se faisait écho d'un souvenir lointain, "accusée de porter le sang des dragons, on m'a traitée de démon."

Althea, avec la sérénité d'un maître d'échecs devant le plateau de jeu, partagea sa supposition. "Peut-être est-ce l'œuvre de Sarthax et ses paladins noirs."

Ruby, le scepticisme dansant dans ses prunelles d'ambre, questionna la solidité de cette hypothèse. "Des paladins noirs à Lunaris ? Mes pas m'ont menée dans chaque recoin de la cité sans en croiser l'ombre."

Althea, d'une voix aussi limpide que l'eau des fontaines de Solara, fit le lien. "Sarthax, l'allié du nécromancien, voudrait voir Naragath purgé de ses mages. Et Cassandra, la reine, ne montre aucun signe de résistance. Trouvez-vous cela normal ?"

Ruby, dont le regard s'était assombri, hocha la tête, les pièces du puzzle s'emboîtant dans son esprit. "Si la reine reste passive, elle pourrait bien être manipulée ou contrôlée," suggéra-t-elle.

Althea, les sourcils froncés en signe de réflexion, ajouta avec une gravité palpable : "Et si Cassandra n'était pas celle qu'elle semble être ? Ou si, comme la mère de Diane, elle était sous l'emprise d'un sort de contrôle mental ?"

Un silence lourd tomba sur la table, l'air vibrant d'une inquiétude tangible à la mention d'un sort de contrôle mental. Hestia Carmina, la mage du feu aux yeux perçants, saisit l'ampleur des craintes d'Althea.

L'inquiétude d'Iris se traduisit par une question suspendue dans l'air chaud. "Que comptes-tu faire ?"

Althea, avec la détermination d'un capitaine face à la tempête, répondit. "Demain, j'irai à Lunaris retrouver Valerius."

Iris ne l'entendait pas de cette oreille. "Nous irons" insista-t-elle.

Mais Althea secoua la tête. "Reste ici avec Hestia et Ruby. Si mes craintes sont fondées, la situation pourrait être plus dangereuse que nous l'imaginons."

Hestia et Althea échangèrent un regard lourd de non-dits, et Ruby, observatrice silencieuse, percevait le poids des 'dispositions' prises par la jeune mage.

Iris ne put contenir une émotion mêlée d'admiration et de défi. "Althea, après tout ce que tu as anticipé, tu dois savoir que je ne te laisserai pas affronter Lunaris seule. Cela explique ce diadème que tu m'as confié, n'est-ce pas ?" Ses yeux trahissaient une détermination inébranlable, reflet de sa nature de protectrice.

Un sourire empreint de reconnaissance et de respect s'épanouit sur les lèvres d'Althea. "En effet, Iris, j'avais envisagé cette possibilité." Sa voix douce portait les nuances d'un stratège qui voit son plan se dérouler comme prévu, et son sourire, éclairé par la lueur des chandelles, était celui d'une mage qui trouve un égal dans l'art du courage.

Hestia se leva, son ombre projetée sur les murs comme un avertissement. "Si Valerius a subi le moindre mal, je traverserai ce détroit moi-même."

Les regards se croisèrent, chaque paire d'yeux comprenant la gravité de la situation. La menace d'Hestia Carmina n'était pas une simple bravade; c'était le serment d'une puissance incarnée prête à défendre ses alliés.

Althea acquiesça solennellement, la lumière de la stratège dans son regard. "Je le sais, et nous ferons tout pour éviter cela."

Le silence qui s'ensuivit était empli d'une résolution partagée, un pacte non verbal scellé entre les lignes du destin. Et dans ce pacte, la solidarité et leur force étaient le flambeau qui guiderait leurs pas à travers l'obscurité des jours à venir.

Guidées par Hestia, dont la présence rayonnante

se frayait un chemin à travers les couloirs de la demeure, Iris et Althea arrivèrent devant une porte sculptée de runes anciennes, promesse d'un repos mérité. La mage du feu ouvrit la porte avec un geste empreint d'hospitalité, dévoilant une chambre accueillante baignée dans les tons chauds du crépuscule.

Le confort de la pièce était immédiat, avec un lit large et invitant, drapé de tissus fins et de coussins moelleux qui semblaient attendre de les envelopper après les rigueurs de leur périple. Le parfum subtil d'encens flottait dans l'air, mêlé aux senteurs boisées des meubles en acajou. Des fenêtres ouvertes laissaient entrer la brise nocturne, portant avec elle les murmures lointains de la mer et le chant discret des grillons.

Althea s'approcha de la fenêtre, observant un instant les étoiles qui commençaient à scintiller dans le ciel, avant de se retourner vers Iris avec un soupir de soulagement. "Ce soir, nous pouvons nous permettre un peu de paix" dit-elle, un sourire fatigué mais satisfait ourlant ses lèvres.

Iris, épuisée mais reconnaissante, acquiesça silencieusement, l'esprit déjà assoupi par la promesse d'un sommeil réparateur. Ensemble, elles se préparèrent à céder aux bras de Morphée, chacune se laissant glisser dans les profondeurs d'un repos bien mérité, confiantes que, sous la garde d'Hestia, aucun rêve ne pourrait être troublé par les ombres du monde extérieur.

✼ ✼ ✼

CHAPITRE 11: L'ANGE ET LE COLOSSE

Un Autre Départ

Au cœur de Seranthea, alors que l'aube étendait encore sa chape d'ombre sur les ruelles pavées, Diane, Mirela et Celestia se retrouvaient dans la salle commune de l'auberge pour un petit déjeuner matinal. L'air était frais, porteur des promesses d'une journée chargée.

L'aubergiste, les accueillant avec un sourire, s'enquit de leur programme. Diane, la voix encore voilée par la brume du sommeil, répondit qu'elles avaient un rendez-vous imminent à la porte du Zénith.

« C'est à l'est de la cité. Si vous traversez la place des Sept Voiles, vous y serez à temps pour voir le soleil se lever, » expliqua l'aubergiste, tout en leur servant un assortiment de fruits frais issus de la jungle de Silvaria, à la demande de Diane.

Celestia, sans s'attarder sur la conversation, acquiesça simplement et suivit l'exemple de Diane. Mirela, quant à elle, opta pour une collation plus frugale, un bol de gruau agrémenté de graines et d'une pointe de miel de Maridora, témoignant de ses habitudes ascétiques.

L'aubergiste, tout en remplissant leurs assiettes, évoqua les charmes de Solara, destination prisée pour son climat clément et ses plages dorées. Il mentionna aussi, non sans une pointe d'inquiétude dans la voix, les récentes attaques de bandits sur les routes et la difficulté de la traversée du Bouclier Oriental, la chaîne de montagnes les séparant de la région de Maridora.

Diane, soucieuse de ne pas révéler les véritables raisons de leur périple, évoqua avec légèreté leur désir de se prélasser sur les célèbres plages d'or. Celestia, maladroite dans sa candeur, commença à révéler plus qu'il ne fallait, mais fut rapidement interrompue par Diane qui, d'un signe de tête discret, la pria de se taire.

Une fois le repas hâtivement terminé, elles reprirent leurs affaires et s'engagèrent dans les rues encore endormies de la ville, se dirigeant vers l'est. Diane exprima alors son impatience quant à la rencontre avec le mercenaire recommandé par Althea, espérant que ce dernier serait à la hauteur de leurs attentes.

Mirela, d'une voix douce et assurée, exprima sa confiance inébranlable en Althea, soulignant l'infaillibilité presque mystique de la mage. Diane, un sourire en coin, rétorqua que personne n'était à l'abri d'erreurs, pas même une mage aussi

CHAPITRE 11: L'ANGE ET LE COLOSSE

prodigieuse.

Celestia, fidèle dans sa dévotion, ne put s'empêcher de louer la perfection de Diane, suscitant un échange de regards complices entre Mirela et la princesse.

Alors que les premières lueurs de l'aube commençaient à caresser les toits de la ville, transformant les ombres en un dégradé de pourpre et d'or, elles atteignirent la porte du Zénith. La place des Sept Voiles, traversée dans la quiétude matinale, s'animait peu à peu, marquant le début d'un nouveau chapitre de leur voyage.

Le convoi des marchands déployait son hétéroclite collection de charrettes et de bêtes de somme devant la majestueuse porte du Zénith, point d'ancrage entre la sécurité de Seranthea et l'incertitude des routes de voyage. Le responsable, un homme d'âge mûr aux yeux vifs et au visage buriné par les vents du commerce, s'approcha d'un pas décidé.

"Vous êtes Diane, je présume, et voici vos compagnons ?" s'enquit-il, balayant du regard la stature noble de la jeune femme et l'aura paisible de ses amis.

Diane, avec l'aisance d'une princesse habituée aux protocoles de cour, acquiesça d'un hochement de tête gracieux. "Exactement, nous sommes prêtes."

Le marchand, consultait un registre écorné. "On m'a signalé qu'un guerrier nous rejoindrait pour l'escorte. Auriez-vous des nouvelles ?"

Avant que Diane ne puisse répondre, Mirela pointa du doigt une silhouette s'avançant vers eux, découpée contre l'éclatant tableau de l'aube. "Voilà sans doute notre homme."

Tous les regards se tournèrent vers l'arrivant. Une forme gigantesque s'avançait, sa cape flottant telle la bannière d'un titan. La lumière de l'aurore, enfin triomphante de l'ombre nocturne, révélait peu à peu les contours de l'individu, une masse imposante, une présence qui s'imposait avec la certitude des éléments.

Sa voix, un grondement qui semblait émaner de la terre elle-même, fit écho dans le calme matinal. "Ukrolm de Kethara, à votre service. Althea m'a envoyé pour assurer votre protection jusqu'à Solara."

Diane ne put s'empêcher de fixer la main du colosse, une véritable étreinte de fer qui aurait pu broyer le bois comme de la paille. Le guerrier déposa son sac avec un bruit sourd, révélant le contenu de son arsenal, dont une hache de guerre si massive que même le plus robuste des hommes n'aurait pu la brandir aisément.

Le responsable, les traits tirés par une anxiété

soudaine, acquiesça d'une voix moins assurée. "Bien, mettons-nous en route alors." Se reprenant, il dirigea les voyageurs vers le dernier chariot. "Placez-y vos effets."

Les trois compagnes, accompagnées du guerrier, rangèrent leurs affaires. Lorsque Ukrolm plaça son propre sac, le chariot ploya sous le poids, ses roues s'enfonçant légèrement dans le sol de la cité.

"Nous avancerons tant que la lumière du jour nous accompagnera. Si la fatigue vous gagne, vous pourrez vous reposer un moment sur un chariot, mais n'en abusez pas," prévint le marchand, lançant un regard appuyé vers Ukrolm, dont la simple présence semblait défier les lois de la physique.

À son commandement, la caravane se mit en branle, quittant Seranthea dans un concert de roues et de hennissements. Et tandis qu'ils s'éloignaient, le soleil montant dans le ciel peignait leur périple de teintes d'or et d'espoir, ouvrant le prochain chapitre de leur épopée.

La première journée de voyage s'étirait, aussi douce que le souffle du vent dans les branches des arbres du bois magique. Les compagnons, en harmonie avec les mélodies naturelles du lieu, marchaient en silence, enivré par la paix d'un sanctuaire où même le temps semblait s'être assoupi pour écouter les hymnes des oiseaux.

Au crépuscule, le marchand désigna une forêt lointaine, baignée par les derniers rayons du soleil qui faisaient scintiller ses arbres aux écorces rougeoyantes comme des braises et aux feuilles teintées de l'éclat des améthystes. Une brume diaphane en émanait, voilant le mystère d'une tour qui s'élevait telle une sentinelle en son cœur.

"La forêt de Calista," annonça-t-il d'une voix teintée de respect mêlé de crainte, "nous passerons par le sud, à l'écart de son silence enchanté."

Diane exprima son regret, la mélancolie dans le regard : "Il est triste de contourner une telle merveille de la nature."

Ukrolm, le colosse au pas mesuré, se permit de commenter, sa voix grave résonnant comme un écho des profondeurs de la terre : "Le domaine de Calista. Même les dieux le contourne." Sa phrase était une sentence, un point final à toute velléité de débat.

Plus tard, à l'heure où le ciel se parait de ses plus beaux atours pour saluer le roi déclinant, le groupe parvint à l'auberge des Deux Rivières. Le lieu était un havre d'accueil, promesse de repos et de convivialité.

La table de l'auberge, sous l'éclat chaleureux des chandelles, accueillait les voyageurs. Le chef de la caravane, son visage éclairé par la lumière dansante, expliqua les défis du lendemain : "Nous entamerons la traversée des montagnes. C'est un chemin rude, mais la vue en est d'autant plus gratifiante."

À l'aube, alors que les étoiles pâlissaient, laissant la place au bleu naissant de l'aurore, le groupe se tenait debout, contemplant le Bouclier Oriental. La chaîne de montagnes se dressait, majestueuse, ses pics et ses vallées se découpant sur l'horizon comme la carte d'un royaume céleste.

Les monts s'étendaient devant eux, éventail de géants endormis sous une couverture de brumes et de verdure. La nature, dans son architecture divine, avait sculpté des passages, des cols moins élevés, où les hommes avaient osé tracer des chemins. C'était là que leur route les menait, vers les sentiers serpentant parmi les géants de pierre, où chaque pas serait une ascension vers le ciel.

Ils quittèrent l'auberge, le cœur vibrant au rythme de la terre, leurs esprits tournés vers les hauteurs qui les attendaient, prêts à affronter les sentiers escarpés du Bouclier Oriental. C'était un tableau digne des plus grandes épopées, une ode à l'aventure où chaque silhouette se détachait, fière et déterminée, prête à gravir les échelons du destin.

❊ ❊ ❊

Une Bataille Épique

Dans l'embrun doré du crépuscule, la caravane franchissait les derniers méandres d'un bois enclin au mystère. Le chef de la caravane, scrutant l'horizon, annonça : "Une clairière nous attend au-delà, avec un ruisseau pour nous accueillir. C'est là que nous établirons notre camp pour la nuit." Mais son plan fut contrecarré par un arbre tombé, un géant endormi barrant leur chemin.

C'est alors que, tels des ombres surgissant du néant, un groupe de brigands apparut. Le meneur, arbalète pointée avec une précision mortelle sur les voyageurs, proféra d'une voix grondante : "On va faire ça vite et bien. Suivez mes instructions et vous garderez la vie sauve."
Le leader des marchands, plus habitué à la négociation qu'à l'affrontement, proposa avec une retenue feinte : "Nous n'avons que des rations, mais nous sommes prêts à partager..."
Mais la tension était palpable, un fil tendu prêt à céder au moindre geste brusque.

Le brigand le coupa sèchement : "SILENCE ! Femmes et enfants, là-bas près de l'arbre. Et laissez vos armes sur le sol !"

Dans un silence suffocant, deux silhouettes s'avancèrent ; de loin on aurait pu penser à un

CHAPITRE 11: L'ANGE ET LE COLOSSE | 147

homme un enfant. Mais au fur et à mesure qu'elles approchaient, la véritable nature de ces deux protagonistes se révéla. Ukrolm, libéré de sa cape, se dressait là, un titan parmi les mortels, sa musculature semblait ciselée par les dieux eux-mêmes. "Ukrolm de Kethara, à votre service," rugit-il, une montagne en mouvement.

À côté, Celestia, coiffant son casque d'or, qui brillait de la lumière de la foi et de l'ardeur du combat, versait une larme de ferveur divine. "Je suis née pour ce jour," murmurait-elle, "Merci Dieu tout puissant pour cette chance de prouver ma valeur."

Le chef brigand, la voix perdant de l'assurance, lança un dernier avertissement : "Arrêtez-vous ou..." Mais ses mots se perdirent dans le vent alors que les deux guerriers chargeaient avec la rapidité d'une tempête.

Le carnage qui suivit fut un ballet de force et de foi, une danse où le colosse et l'ange terrassaient leurs adversaires dans une symphonie de chaos, un tourbillon d'acier et de lumière.

Les brigands, pris de panique, cherchaient refuge dans les arbres, une scène qui aurait fait sourire même les plus sombres bardes.

Alors que la nuit déployait son voile étoilé, les voyageurs, rassemblés dans la clairière, partageaient rires et repas sous les regards bienveillants des constellations. Les scènes de la journée, désormais anecdotes, résonnaient parmi les échos des rires. Qui sait, peut-être que dans un avenir lointain, les bardes chanteront les exploits de l'ange et du colosse, dont le courage fit fuir les ombres et gravèrent dans le marbre de l'histoire une bataille où la bravoure le disputait à l'absurde, un récit où la terreur laissait place à l'hilarité des brigands perchés dans les arbres comme des oiseaux effrayés.

* * *

La Perle Du Sud

Dans la quiétude des jours qui s'égrènent, les montagnes ardues laissèrent place aux plaines et aux forêts verdoyantes de Maridora. Après l'épique bataille et trois jours de marche supplémentaires, nos aventuriers, Diane, Mirela, Celestia et Ukrolm, arrivèrent aux portes scintillantes de Solara, la perle du sud.

Passant les contrôles des gardes et les inspections des charrettes, ils pénétrèrent dans l'effervescence de la cité. Les rues de Solara s'animaient sous leurs pas, les regards curieux des passants se fixant sur la troupe hétéroclite. Mirela et Diane, drapées dans leurs capes pour rester discrètes, contrastaient avec l'imposante stature d'Ukrolm et l'éclatante armure

CHAPITRE 11 : L'ANGE ET LE COLOSSE

dorée de Celestia. Diane sourit, songeant que leur contact ne tarderait pas à les repérer.

Ils trouvèrent refuge sur la terrasse d'une auberge, le regard plongeant sur la mer étincelante. Diane, un sourire léger aux lèvres, s'exclama : "Dans cette ville, il est aisé d'oublier nos missions. On se croirait presque en vacances !"

Ukrolm, aussi imposant que détendu, rétorqua : "En attendant des nouvelles d'Althea, nous pourrions bien profiter de la ville."

La conversation se tourna vers Althea, et Diane s'interrogea : "Tu sembles bien la connaître, Ukrolm. Depuis combien de temps exactement ?"

Ukrolm répondit avec un air de connivence : "Oh, cela fait de nombreuses lunes que nos chemins se croisent."

Mirela, toujours aussi énigmatique et réservée, ajouta d'une voix douce mais empreinte de mélancolie : "Avec Althea, c'est différent. Son esprit est aussi vaste que l'océan, et sa solitude aussi profonde que les abîmes. Elle porte sur ses épaules des secrets qui pèsent plus lourd que les montagnes."

Diane, intriguée, insista : "Des secrets ? Mais elle semble bien entourée, non ?"

Mirela secoua doucement la tête : "Être entourée ne

chasse pas la solitude d'une gardienne. Il y a dans son regard une distance, un écho d'une vie chargée de fardeaux invisibles."

Ukrolm, changeant le ton avec une jovialité débonnaire, s'exclama : "La vie de guerrier est bien plus simple ! Frapper d'abord, réfléchir ensuite, n'est-ce pas, boucle d'or ?" Sa main se posa avec une familiarité amusée sur l'épaule de Celestia, faisant tanguer la table sous le poids de sa force.

Celestia, un peu décontenancée mais amusée, ne put s'empêcher de sourire. Dans son cœur de guerrière, elle savait qu'un bon coup de bouclier valait parfois mieux qu'un long discours.

Ainsi, dans l'ambiance chaleureuse de l'auberge, avec les étoiles scintillant au-dessus de la mer de Solara, ils partagèrent un moment de détente, loin des soucis et des ombres de leur quête. Un moment précieux, une bulle de légèreté dans le tourbillon de leur destinée.

Sous le voile d'une lune éclatante, la troupe, fatiguée mais satisfaite de leur journée, choisit de passer la nuit à l'auberge. L'idée de se reposer dans de vrais lits après tant de jours de voyage résonnait comme une douce mélodie à leurs oreilles fatiguées.

Le matin suivant, alors que les premiers rayons du soleil se glissaient timidement à travers les volets, ils se retrouvèrent autour d'une table pour le petit-déjeuner. Diane brisa le silence : "Si nous n'avons pas de nouvelles de cette fameuse Ruby d'ici ce soir, nous irons à la rencontre de l'archimage du feu."

Ukrolm, perdu dans ses pensées, murmura avec une pointe de respect dans la voix : "Le Phénix..." Son regard trahissait son admiration pour la mage légendaire.

Alors qu'ils discutaient, une silhouette s'approcha de leur table et s'assit sans cérémonie. L'arrivée impromptue de cette inconnue ne laissait place à aucun doute : Ruby Foxglove, l'Arnaqueuse, venait de faire son entrée. Ses yeux pétillants de malice scrutaient chacun d'eux avec une curiosité amusée.

Sans attendre d'être interrogée, Ruby lança d'un ton léger, mais empreint d'une confiance inébranlable : "Vous me cherchiez ?" Sa présence apportait une touche de mystère et d'intrigue à leur matinée déjà chargée de questionnements.

Ainsi, la rencontre tant attendue avec Ruby Foxglove s'annonçait comme le début d'un nouveau chapitre de leur aventure, une étincelle imprévisible dans le vaste univers d'Elysorium.

* * *

CHAPITRE 12 : L'EMPRISE DE L'ABÎME

La Cité De La Lune

Dans l'aube naissante de Solara, Iris et Althea, les contours de leurs visages adoucis par la première lumière du jour, partagèrent un petit déjeuner silencieux avec Hestia. Leur esprit était déjà tourné vers Lunaris, la ville énigmatique aux portes du Naragath, où le danger et le mystère se côtoyaient comme la chaleur et le sable du désert.

Althea rompit le silence, sa voix aussi claire que l'horizon qui les attendait : "Nous partons pour Lunaris ce matin." Hestia, dont le regard trahissait une inquiétude maternelle, répliqua doucement : "Soyez prudentes, je vous en prie. Ruby vous contactera dans deux jours pour s'assurer de votre bien-être."

Althea, avec la détermination d'une mage qui embrasse son destin, révéla alors son intention de se déguiser. "La magie est proscrite là-bas, je vais donc devoir me faire passer pour une guerrière." C'est à l'armurerie que la transformation eut lieu. Althea enfilait une armure légère, chaque pièce glissant sur sa peau comme la caresse d'une mère.

L'armure dessinait son corps avec une précision qui honorait sa silhouette, révélant non pas une guerrière, mais la grâce d'une danseuse céleste de Stellarae.

Iris, laissant échapper un rire complice, piqua sa camarade du bout de son esprit acéré : "Tu as beau être vêtue en guerrière, tu brilles toujours comme une mage, Althea. Ta peau a la douceur de la soie et l'éclat des étoiles, peu communs chez les combattantes." Althea, esquissant un sourire, accepta le compliment avec une révérence théâtrale. "Alors, je serai la danseuse la plus redoutable de Stellarae, et ma danse sera celle de l'illusion et du mystère". Le rôle d'une danseuse, lui permettrait de conserver ses bijoux magiques sans éveiller les soupçons.

Leur pas les mena rapidement vers les quais où elles montèrent à bord d'une navette reliant Solara à Lunaris. Comme elles s'éloignaient du quai, la ville de Solara semblait s'estomper dans un voile de lumière matinale, tandis que Lunaris attendait silencieuse, comme un spectre dans le brouillard matinal.

À Lunaris, les différences étaient frappantes. Le soleil, voilé par les nuages de sable, donnait à la ville une atmosphère crépusculaire en plein jour. Les habitants, nombreux à masquer leurs visages contre le sable, ajoutaient à l'aura de mystère de la ville.

CHAPITRE 12 : L'EMPRISE DE L'ABÎME | 155

Dans le dédale des rues de Lunaris, Althea désigna d'un geste souple les runes étranges gravées à même la pierre des murs. Leurs contours sinueux semblaient danser une mélodie silencieuse qui parlait d'interdits et de méfiances anciennes. "Les runes anti-magie," fit-elle, la voix vibrante d'un savoir aussi profond que les racines des montagnes de Maridora. "Ruby ne s'était pas trompée."

Iris, dont l'œil perçant ne manquait jamais une occasion pour une pique taquine, observa Althea avec un sourire qui n'était pas exempt de malice. "Et voilà notre danseuse étoilée de Stellarae, dont le seul sortilège est le tourbillon de ses pas. Gare aux cœurs que tu pourrais ensorceler avec de tels atours."

Althea, sans perdre son flegme, rétorqua du tac au tac, un sourire en coin trahissant son amusement. "Et toi, Iris, fais attention que le vent du désert ne vienne pas émousser ton tranchant habituel." Leurs échanges, légers comme la brise, témoignaient de la complicité qui liait ces deux âmes aventurières.
Dans les ruelles sinueuses de Lunaris, Iris et Althea avançaient prudemment, l'air chargé de mystères et de secrets insondables. Les façades des maisons, érodées par les vents du désert, se dressaient comme des sentinelles silencieuses, témoins des histoires enfouies sous le sable du temps.

Déterminées à trouver un lieu pour reposer leurs

esprits et leurs corps, elles optèrent pour une auberge discrète. Un lieu où elles pourraient, à l'abri des regards, déchiffrer le tissu complexe de leur nouvelle énigme.

Le choix se porta sur "Le Refuge du Voyageur", un établissement modeste mais réputé pour sa discrétion.

Althea, tout en s'inscrivant au registre, échangea un regard entendu avec Iris. "Il nous faut un plan" murmura-t-elle. "Lunaris est un labyrinthe, et Valerius pourrait être n'importe où."

Iris acquiesça, scrutant les lieux avec méfiance. "Je doute que les locaux soient enclins à aider deux étrangères."

Elles prirent possession d'une chambre modeste mais confortable, un havre temporaire dans cette cité énigmatique. Alors que le soleil commençait à décliner, elles se préparèrent à explorer les ruelles sinueuses et les secrets bien gardés de Lunaris, la ville où les ombres du passé menaçaient de ressurgir à chaque coin de rue.

Leur investigation les mena à sillonner les quartiers bruissants de Lunaris où s'entremêlaient les voix des marchands et le tintement des bijoux. Les marchés débordaient de richesses, des étoffes aux couleurs de l'aurore aux épices aux parfums d'ailleurs, chaque stand dissimulant ses propres ombres.

Au détour d'une allée plus calme, leur attention fut captée par des marques singulières sur les murs : des runes anti-magie. "Encore des runes", constata Althea, le regard acéré.

Se mêlant à la foule, elles sondèrent les mémoires du quartier avec subtilité, cherchant des traces d'un mage égaré. Finalement, une marchande aux rides dessinant une carte de vieillesse sur son visage, leur fournit une piste. Althea, rusée, avait évoqué la préférence de son maître pour les fruits du sud. "Un homme aux airs de mage a bien acquis trois paniers de mes meilleures récoltes, récemment" confirma la vieille commerçante d'une voix aussi craquelée que le cuir. "Un petit achat de votre part, et je pourrai vous montrer où je les ai livrés."

Avec une discrétion teintée de malice, la vieille femme se proposa de les mener à destination. Les yeux d'Iris scintillèrent d'une lueur féroce, signe d'une piste enfin trouvée. "Nous vous suivons." affirma-t-elle, une main toujours prête à brandir sa dague cachée.

La commerçante les entraina dans un dédale de ruelles, chaque bifurcation les emmenant plus profondément dans un labyrinthe de pierre et de mystères. Les murs semblaient susurrer des récits séculaires, et leurs pas résonnaient, lourds d'anticipation, sur le pavé usé par les époques.

À la tombée de la nuit, Iris et Althea se retrouvèrent de nouveau à l'auberge, leurs esprits bourdonnant d'informations et de théories. La vieille femme les avait menées à un endroit qui, selon elle, était la dernière demeure connue de Valerius à Lunaris. Mais il était désormais vide, abandonné à la hâte.

"Nous sommes sur la bonne piste." dit Althea, scrutant un vieux grimoire qu'elle avait trouvé dans la cachette de Valerius. "Mais chaque réponse apporte de nouvelles questions."

Iris, malgré la fatigue qui pesait sur ses épaules, hocha la tête avec détermination. "Demain, nous repartons à la chasse. Nous mettrons la main sur Valerius, peu importe le temps que cela prendra." Sa quête avait débuté par un désir personnel de réponses, mais elle portait désormais le poids des espoirs d'Althea et de Diane. Sa vie avait été une série de missions dictées par d'autres, une existence vouée à l'obéissance aveugle. Aujourd'hui, elle se battait pour un dessein qu'elle avait choisi, un chemin où sa volonté, longtemps confisquée, s'affirmait enfin avec force.

Dans le silence de leur chambre, les deux femmes se préparèrent à se reposer, conscientes que les jours à venir les mettraient à l'épreuve comme jamais auparavant. Lunaris gardait ses secrets serrés, mais elles étaient déterminées à les dévoiler, coûte que coûte.

* * *

Abyssale Beauté

Dans l'aube naissante de Lunaris, la cité s'éveillait à la chaleur étouffante qui montait des sables ardents du Naragath. Les rues, encore désertes, bruissaient du murmure des premiers marchands et des gardes changeant de poste. La lumière ambrée du soleil naissant s'étirait paresseusement entre les hautes tours et les dômes des palais, caressant la pierre ocre de la ville d'une douce étreinte.

Althea, mage à l'intellect infini et l'âme insondable, avait prévu ce moment avec une précision méticuleuse. Dans la quiétude de leur chambre d'auberge, elle présentait à Iris des diadèmes fins et élégants, tissés de magie subtile et d'arcanes protecteurs. "Rappelle toi, ces joyaux ne sont pas que des parures" rappela-t-elle,"Ils ne sont pas qu'un phare dans le nuit, ils sont aussi la forteresse qui préservera notre libre arbitre contre les assauts des enchantements trompeurs." En saisissant le bijou, Iris ne put empêcher son esprit de vagabonder vers le souvenir oppressant du marais brûlant, où l'air lui-même semblait un poison pour l'esprit.

Avec une précaution de magicienne, Althea dévoila

de sa besace une série de cristaux éthérés. "Ces pierres sont bien plus que de simples gemmes" commença-t-elle, tenant entre ses doigts l'un des cristaux scintillants. "Si on les fracture, ils libèrent un voile de brume délicate, une poudre capable de dissiper les illusions et de révéler la vérité cachée derrière les sortilèges."

Elles se préparaient à s'aventurer près du palais de Cassandra, cette énigmatique souveraine dont le charme semblait s'étendre bien au-delà des frontières de son royaume. Althea, sous les traits d'une danseuse de Stellarae, et Iris, l'assassin au cœur endurci, se muaient en pèlerines de la grâce et de l'énigme, prêtes à affronter les mirages de la tentation.

Lorsqu'elles approchèrent du palais, elles furent soudain happées par le spectacle d'une procession royale. Cassandra, telle une vision sortie des pages d'un conte ancien, déambulait dans son bain de foule, un cortège de lumière et de ténèbres dansant autour d'elle. Sa beauté était indéniable, un mélange hypnotique de puissance et de grâce, de menace et de promesse. Iris, à travers la brume des diadèmes, percevait la fascination magnétique qu'elle exerçait. "C'est sûr, elle est d'ailleurs" pensa-t-elle, une intuition plus qu'une certitude, en observant l'aura envoûtante de Cassandra.

Sa tenue d'impératrice des désirs était une

symphonie visuelle de majesté et de séduction. Telle une créature née de la nuit et des rêves les plus profonds, elle arborait une robe qui incarnait l'essence de l'élégance et du mystère. La tenue coulait autour d'elle comme une rivière d'encre sous la lune, une étoffe sombre qui jouait entre la révélation et l'éclipse des lignes de son corps, une sculpture vivante façonnée par les caprices divins.

Le corsage, moulant et exquis, était brodé d'or et de fils pourpres, dessinant des arabesques complexes qui semblaient murmurer des contes d'antiques sortilèges et de passions ardentes. Les pierres précieuses qui ornaient son décolleté plongeant étincelaient comme des étoiles captives, des joyaux cueillis dans le firmament pour souligner sa beauté inégalée.

Ses gants, s'étendant jusqu'à ses coudes, étaient d'un noir profond, conférant à ses bras une élégance qui déjouait la simplicité de leur teinte. Leur texture semblait absorber la lumière environnante, pour la restituer en un scintillement discret, évoquant le chatoiement d'une voie lactée lointaine.

L'étoffe de sa robe, dans son flot gracieux, s'évasait en une cascade de tissu qui dansait avec chaque mouvement, l'ourlet frôlant le sol avec la dignité et la grâce d'une souveraine d'un âge révolu. Le collier, un rassemblement opulent de gemmes lumineuses, et les broderies d'or qui serpentent à travers le velours sombre, témoignaient de son rang sans pareil, d'une autorité incontestée qui n'avait pas besoin de diadème pour asseoir son règne. Chaque mouvement en cette robe était un acte de domination et de grâce, un équilibre parfait entre grâce et audace.

Sa tenue n'était pas qu'un choix esthétique ; c'était une proclamation, un symbole de pouvoir qui transcende la magie ou la force brute, reposant entièrement dans la présence irréfutable de celle qui la portait.
Dans cette tenue, Cassandra était l'incarnation vivante de la tentation et du pouvoir, une divinité terrestre dont la seule présence pouvait fléchir les volontés les plus fermes et embraser les cœurs les plus froids. Elle était la muse éternelle, la quintessence de la séduction, portant en elle la promesse d'un empire permanent bâti non pas sur des terres ou des mers, mais sur les désirs et les rêves de tous ceux qui croisaient son chemin envoûtant.

Sa chevelure, d'un noir de jais, tombait en cascades voluptueuses sur ses épaules, encadrant un visage aux traits délicats, presque irréels, et pourtant marqués d'une détermination farouche. Ses yeux, deux joyaux célestes, d'un bleu profond, rappelant les eaux tranquilles d'un lagon oublié, brillaient d'une lumière intérieure, comme si des étincelles de

CHAPITRE 12 : L'EMPRISE DE L'ABÎME

vérité ancestrale y étaient emprisonnées. Leur éclat était celui d'un ciel infini, une vaste étendue azurée parsemée de reflets argentés, miroitant les secrets des profondeurs abyssales.

Iris ne put détacher son regard de la souveraine. Cassandra incarnait une beauté d'un autre monde, une perfection qui transcende la réalité pour flirter avec l'irréel. Elle se tenait là, baignée par les derniers rayons du jour, une créature envoûtante dont le charisme semblait tisser un lien direct avec l'âme de ceux qui la contemplaient. La reine de Lunaris était un tableau vivant, un chef-d'œuvre de sensualité et de puissance, où chaque courbe, chaque regard, chaque geste étaient empreints d'une magie aussi tentatrice que dangereuse. Cassandra était l'essence même de la tentation, une présence qui défiait la morale et la raison. Sa démarche était une caresse pour les yeux, chaque mouvement un appel au désir, chaque sourire un piège mortel.

"Je suis Cassandra," semblait-elle dire à travers son silence, "une vision de splendeur et de domination, maîtrisant les cœurs et les volontés avec la finesse d'une mélodie ensorcelante. Mon règne est celui de la dualité, une harmonie entre la lumière et l'obscurité, le sacré et le profane."

Se sentant glisser Iris murmurait encore "Elle est

d'ailleurs", la gorge sèche, la fascination palpable dans sa voix. Althea, à ses côtés, restait de marbre, les yeux fixés sur les bijoux qui ornaient la reine, percevant au-delà de leur éclat, le frémissement de la magie qui s'y cachait.

La foule, subjuguée, formait une marée vivante qui s'agitait au rythme de ses pas. Chaque geste, chaque sourire de Cassandra était une onde qui se propageait à travers les cœurs, les enflammant d'une passion sauvage ou les apaisant d'un murmure de paix. Iris ressentit l'effleurement de cette puissance, une onde qui défiait la raison, une tentation qui susurrait à l'oreille de l'âme des chants de désir et de pouvoir.

Au fond d'elle, Iris savait qu'ils étaient face à l'incarnation de la dualité la plus pure : une créature de beauté sublime, capable d'élever les esprits ou de les précipiter dans les abysses de la perdition. Dans le regard de Cassandra, on pouvait lire le livre ouvert de la création et de la destruction, chaque page une histoire de séduction, chaque mot un sortilège qui pourrait les mener à leur perte ou à leur salut.

Dans l'agitation de la procession royale, le temps semblait suspendu lorsque le regard de Cassandra, impénétrable et abyssal, croisa celui d'Iris. Un frisson glacial transperça l'assassin, ses pensées intimes dévoilées, sa volonté ébranlée. C'était un

CHAPITRE 12 : L'EMPRISE DE L'ABÎME | 165

regard qui sondait l'âme, qui dénudait l'esprit avec une précision chirurgicale, une intrusion aussi terrifiante que fascinante. Iris se sentait dépossédée, un voile arraché pour révéler une vulnérabilité qu'elle ne s'était jamais autorisée à reconnaître. C'était là, la puissance aliénante d'une succube. Sans le diadème, elle aurait été réduite à un pion, privée de son essence.

Quand les yeux de Cassandra rencontrèrent ceux d'Althea, un silence inaudible emplit l'espace entre elles. Là où Iris avait été une cible facile, Althea représentait un défi, un mystère à décrypter. Le visage de la succube trahit un soupçon d'intérêt, un imperceptible sourire effleura les lèvres de Cassandra. C'était l'esquisse d'un sourire qui ne trahissait ni triomphe ni défaite, mais le plaisir d'une joueuse devant un coup inattendu, la reconnaissance silencieuse d'un esprit qui ne serait pas si aisément déchiffré. Althea ne cilla pas, défiant le gouffre avec un regard aussi insondable que celui de son adversaire. Dans ses yeux brillait une lumière indomptable, un reflet de sa propre profondeur et complexité qui résonnait avec l'obscurité de Cassandra. L'abîme qui contemple l'abîme.

C'était une confrontation silencieuse, mais lourdement chargée d'intentions non dites et de futurs affrontements. Iris, défaite par le regard de la succube, semblait brisée. Althea proposa de se retirer en sécurité. Déjà, son esprit stratège tissait les prémices d'un affrontement qui deviendrait une guerre d'ombres et de lumières, une danse avec le diable où seule la plus rusée pourrait prétendre au triomphe.

Tandis que la procession s'éloignait, laissant derrière elle un sillage de questions sans réponses, Iris et Althea regagnaient l'auberge.
De retour dans la solitude de leur chambre d'auberge, Iris se laissa tomber sur le lit, son armure de confiance ébréchée par l'épreuve qu'elle venait de vivre. Les murs épais de la pièce semblaient étouffer les sons de la ville, ne laissant que le silence pour compagnon à ses pensées tourmentées.

Elle resta là, immobile, son regard fixé sur le vague. Puis, comme un barrage rompu sous la pression de l'eau retenue depuis trop longtemps, les larmes commencèrent à couler, silencieuses et implacables. Chaque goutte était une confession, un aveu de faiblesse qu'Iris s'était juré de ne jamais montrer. Iris n'avait jamais été formée pour ce type de combat, face à un adversaire de cette nature. Sa force, sa dextérité et sa rapidité, bien que redoutables, se révélaient superflues... Elle se sentait impuissante. Pour la première fois, la Rose Noire pleurait, ses larmes devenant des perles de rosée sur les pétales d'une fleur qui avait trop longtemps résisté aux tempêtes.

Althea, observant cette scène d'une rare vulnérabilité, s'approcha doucement. Elle ne dit rien, choisissant plutôt de s'asseoir à côté d'Iris, offrant sa présence silencieuse comme une ancre dans la tempête émotionnelle. Les mots étaient superflus; dans ce moment de fragilité partagée, le soutien se trouvait dans le simple acte d'être là, témoin de la douleur et de la force de l'autre.

Les larmes d'Iris étaient le symbole d'une lutte intérieure, la bataille d'une guerrière contre ses propres démons. Dans le reflet de ces larmes, on pouvait voir la transformation d'une assassin endurcie, privée d'enfance, en une simple humaine confrontée à ses peurs les plus profondes, à la découverte de sa propre humanité.

Iris n'avait pas été préparée pour ce genre de combat, ce genre d'adversaire. Sa force, sa dexterité et sa vitesse était superflux... Elle était impuissante.

Les heures s'étiraient, et l'ombre de la nuit enveloppait tout. Sans un mot, Althea s'allongea aux côtés d'Iris, dans un geste simple mais puissant d'unité et de protection. Leurs respirations se synchronisaient, et dans l'obscurité, leurs silhouettes semblaient moins seules. La guerrière et la mage, chacune luttant contre ses propres batailles, trouvaient un moment de paix.
Iris, épuisée par les émotions de la journée, sentit

le poids de ses paupières devenir insurmontable. À côté d'elle, Althea veillait, gardienne contre les ombres de la nuit. Finalement, même Althea succomba au besoin de repos, confiante dans la sécurité de leur lien partagé.

Et ainsi, dans la quiétude de la nuit, elles trouvèrent le sommeil, l'une à côté de l'autre, deux âmes solitaires unies par un chemin commun, leurs souffles mêlés formant un seul murmure dans le silence.

* * *

Le Miroir De L'âme

Les premières lueurs de l'aube caressèrent leurs visages, les arrachant en douceur aux vestiges d'un cauchemar interminable.
Dans le tissu complexe de Lunaris, un piège se dessine, invisible à l'œil mais évident pour la jeune mage. Althea, au visage impassible, empreinte d'une gravité qui ne lui est pas coutumière, prend le temps de fixer Iris avec une intensité peu commune. "La beauté de Cassandra est un mirage, une porte vers un abîme qui nous guette tous" commence-t-elle, sa voix aussi douce qu'une mélodie lointaine. "Elle est le reflet de nos désirs les plus inavoués, un écho des abysses de notre propre

être."

Iris, attentive, laisse son regard s'assombrir à la pensée de cette confrontation à venir. "Cet halo de beauté nous rend vulnérables. Il orne l'apparence de vertus inexistantes, tisse un voile de perfection autour de l'imparfait. Ce que nous voyons en Cassandra est une illusion façonnée par notre propre esprit, notre propre narcissisme qui nous attire vers ce que nous aimerions être ou posséder."

Althea se penche en avant, ses mains se joignent comme pour emprisonner un secret entre leurs doigts entrelacés. "C'est une lutte contre le miroir, Iris. Un combat où chaque reflet est une bataille, chaque image une guerre contre nos désirs enfouis. Pour emprunter les paroles d'un vénérable sage, Nithz de Stellarae, 'si tu regardes longtemps dans l'abîme, l'abîme regarde aussi en toi'. Cassandra, elle est cet abîme. Elle nous voit, elle voit ce que nous sommes réellement, nos vices et nos vertus."

"Et c'est pourquoi si nous devons l'affronter, nous devons être armées non pas de lames ou de sortilèges, mais de la connaissance de soi. De la force de repousser l'appel de ce que l'on convoite secrètement." Althea se lève, ses yeux scrutant le paysage urbain de la ville, chaque silhouette, chaque ombre étant un rappel de la lutte à venir.

"Nous nous opposerons à une créature qui a sondé les abysses de l'âme humaine, qui connaît nos faiblesses, nos péchés capitaux. C'est peut-être le pouvoir le plus dangereux de tous, Iris. Celui qui nous confronte non à un ennemi extérieur, mais à celui qui réside en nous, tapi dans l'ombre de notre propre reflet."

Iris, les poings serrés, acquiesce. Elle comprend désormais la nature de la lutte, un affrontement où la victoire ne se mesure pas à la force des armes, mais à la résilience de l'esprit. "Alors nous serons des guerrières de l'esprit, Althea. Nous lutterons contre le reflet jusqu'à ce que le vrai visage se révèle, dans toute sa lumière ou toute sa noirceur."

"Oui, Iris, l'heure de la confrontation a sonné." répondit Althea

Dans un silence empreint de compréhension mutuelle, elles descendirent vers le petit déjeuner pour y puiser la force nécessaire pour affronter le nouveau jour.

✻ ✻ ✻

CHAPITRE 13 : CONFRONTATION

Rassemblement !

Dans la tiédeur matinale, elles descendirent pour un petit-déjeuner qui ressemblait davantage à un rituel précédant le combat. À leur grande surprise et pour leur plus profonde émotion, elles découvrirent Ruby et leurs compagnons de voyage déjà attablés : Diane, Celestia, Mirela et Ukrolm. Le contraste entre la joie des retrouvailles et le fardeau des événements récents était saisissant.

Les accolades échangées au sein du groupe vibraient d'une énergie singulière, et des sourires sincères éclairaient chaque visage dans la salle. Les anecdotes des périples respectifs fusaient, teintées d'humour et de bravoure, apportant un moment de légèreté salutaire. Iris et Althea, cependant, demeuraient prudentes quant à leur récente rencontre avec Cassandra, choisissant de ne pas accabler leurs compagnons avec des détails alarmants.

Diane, avec sa grâce innée, sondait Iris et Althea du regard, cherchant à glaner des indices sur leurs découvertes à Lunaris. Sa préoccupation était palpable, partagée par Celestia, dont le visage lumineux se voilait d'ombres sous le fardeau de ses responsabilités.

Ukrolm, imposant et solennel, prêtait une oreille attentive, tandis que Mirela apportait, par sa présence calme et posée, une sérénité qui emplissait la pièce.

Ce qui avait commencé comme un repas matinal se muait rapidement en conseil stratégique. Des esquisses de plans émergeaient sur des bouts de papier éparpillés, des cartes de la ville étaient déployées et minutieusement annotées. L'objectif était défini avec une clarté crue : ils devaient affronter Cassandra pour révéler les vérités dissimulées derrière son règne à Lunaris.

Ruby, l'espiègle, proposa ses talents pour rassembler des renseignements supplémentaires. Sa connaissance des ruelles de Lunaris pourrait s'avérer décisive dans leur quête de vérité.

Un sentiment mêlé de détermination et d'appréhension animait le groupe. L'adversaire à venir était d'une nature incompréhensible, un être à la fois envoûtant et redoutable.

C'est Althea qui prit la parole, instillant assurance et mesure dans ses propos : "Chacun d'entre nous a un rôle essentiel à jouer. Chaque geste, chaque choix a son importance. C'est ensemble que nous ferons la différence."

Iris, d'ordinaire si contenue, se fit l'écho d'Althea avec une intensité qui la transformait : "La force réside dans notre unité. Notre diversité d'aptitudes et de savoirs est notre atout majeur. C'est en unissant nos compétences que nous trouverons le moyen de renverser Cassandra."

Un hochement de tête collectif scella leur union. Ils étaient conscients que les heures à venir seraient cruciales, mais en cette aube nouvelle, un sentiment de préparation inébranlable les habitait. Ensemble, ils étaient prêts à relever les défis, quel qu'en soit le prix.

Althea, avec une assurance qui trahissait sa préparation minutieuse, se leva pour dévoiler le plan. "Nous allons affronter la succube. J'ai observé sa garde personnelle. Si nous utilisons de la poudre de cristal, nous pourrions temporairement les libérer de l'enchantement, ou au moins les désorienter suffisamment pour que nous puissions atteindre Cassandra."

Ruby, l'œil pétillant d'ironie, intervint : "Et comment vas-tu l'utiliser sans magie ? Tu vas lui offrir une danse ?" Les rires résonnèrent autour de la table, tandis qu'Althea rougissait légèrement, son autorité de meneuse temporairement ébranlée par sa tenue inhabituelle.

Reprenant son sérieux, Althea expliqua : "La magie concerne Celestia et moi. La plupart des runes anti-magie n'affectent pas la magie divine des paladins. Et j'ai apporté quelques potions, cristaux et artefacts pour nous aider."

Ruby, curieuse, demanda : "Ta poudre de cristal, elle peut neutraliser l'enchantement si elle est appliquée directement sur la succube ?"

Althea acquiesça. "C'est une possibilité. Mais il faudrait l'approcher suffisamment."

Diane proposa alors : "Je pourrais utiliser une flèche pour disperser la poudre sur elle à distance."

Impressionnée, Althea continua : "Ukrolm, Celestia, vous serez chargés de nous frayer un chemin. Iris, je sais que tu t'inquiètes, mais Celestia, en tant que paladin de haut rang, est immunisée contre la domination mentale. Quant à Ukrolm, c'est un risque que nous devons prendre. Les sorts de bénédiction de Mirela nous aideront à résister à la magie psychique. Chacun de vous portera un cristal, en cas de danger, brisez-le."

Puis, elle se tourna vers Ruby : "Ta mission sera de trouver Valerius et de le libérer. Il pourrait être un allié de taille."

Les regards se croisèrent, emplis de détermination. Ils étaient prêts à se lancer dans la bataille, unis dans leur résolution de défaire Cassandra et de sauver Valerius.

***

La Bataille Du Trône

La progression à travers les venelles de Lunaris se faisait avec une détermination silencieuse, presque rituelle. Iris et Althea, en éclaireuses, imprimaient un rythme soutenu, suivies de près par l'impassible procession d'Ukrolm, Celestia, Mirela et Diane. Ruby, spectre agile et discret, glissait entre les ombres, aux aguets.

Leur avancée, émanant une résolution ardente, se mêlait à l'étoffe des légendes. Sous des capes énigmatiques masquant leurs armures, ils se déplaçaient en phalange spectrale, un cortège spectral émergeant de l'obscurité pour réclamer justice.

Aux abords du palais, ils dupèrent les premiers gardes avec une ruse presque théâtrale, leur passage demeurant incontesté. Mais en pénétrant les cours intérieures, la confrontation devint inéluctable. Celestia et Ukrolm, instruments de la fureur céleste et terrestre, taillèrent une voie à travers les adversaires avec une rigueur qui frôlait la grâce. Mirela, tisseuse de bénédictions, enhardissait ses camarades d'une touche de divin. Celestia, éclatante dans son rôle de rempart, captait l'ire des assaillants, pendant qu'Ukrolm, inébranlable, démantelait leurs rangs avec la régularité d'un métronome guerrier.

Diane, quant à elle, orchestrait un ballet mortel avec son arc, chaque flèche libérée trouvant sa cible avec une précision qui confinait à l'art. Son talent rivalisait avec l'habileté légendaire des archers des bois anciens, étonnant ses compagnons par sa maîtrise. Avec un clin d'œil malicieux, elle lança : "Une princesse sans défense, dites-vous ?" Sa remarque, pleine d'esprit, ajoutait une légèreté bienvenue en plein cœur de la bataille.

Althea, consciente que le temps leur était compté avec l'arrivée imminente des renforts ennemis, pressa le groupe d'avancer dans le palais. À l'intérieur, elle assigna à Ukrolm et Celestia la tâche cruciale de sécuriser l'entrée, formant ainsi un rempart impénétrable contre tout assaut extérieur. Pendant ce temps, le reste de l'équipe, soutenu par Mirela, se précipita vers la salle centrale du palais.

Surgissant de l'ombre, Ruby apporta une information cruciale : Valerius était introuvable dans l'aile est. "Je poursuis mes recherches" déclara-t-elle, avant de s'évanouir dans l'obscurité aussi soudainement qu'elle était apparue.

Le groupe parvint sans entrave aux portes massives de la salle du trône. Le contraste saisissant entre le calme de la salle et le chaos des combats à l'extérieur pesait lourd dans l'air. Devant les portes imposantes, ils se rassemblèrent, se préparant mentalement et physiquement pour la confrontation ultime. Cet affrontement ne déterminerait pas seulement le futur de Lunaris, mais également le leur.

Diane, avec une inquiétude palpable dans la voix, alerta le groupe : "Cette tranquillité est trop suspecte. Soyons prêts à un accueil peu chaleureux." À ses côtés, Iris, la main fermement serrée autour de son cristal protecteur, hocha gravement la tête. "Agissons avec la célérité et la précision de l'éclair" rétorqua-t-elle, une lueur de détermination dans les yeux.

Mirela, la prêtresse sage, tissa des sortilèges de bouclier autour du groupe, les enveloppant d'une aura protectrice invisible mais résolument tangible. Le moment décisif était arrivé. D'un geste déterminé, Iris repoussa les portes monumentales de la salle du trône.

L'intérieur était chargé d'une atmosphère oppressante, un mélange de puissance et de menaces palpables. Cassandra, l'impératrice des désirs, trônait avec une lassitude artificiellement

CHAPITRE 13 : CONFRONTATION | 179

affichée, ses yeux dissimulant une malice calculée. À sa gauche, Valérius, l'archimage disparu, présentait un regard vide, presque fantomatique. À sa droite se dressaient un chevalier noir intimidant et un rôdeur aux airs prédateurs.

Le groupe fit face à cet ensemble menaçant, chaque membre conscient de l'ampleur du défi qui les attendait.

Cassandra les accueillit d'une voix suave, empreinte de sarcasme : "Vous en avez mis du temps." Sa présence emplissait la pièce, chaque mot un venin enrobé de miel.

Sans hésiter, Iris s'élança, une flèche de fureur et de détermination, droit vers le cœur de l'ennemi. Mais son assaut se heurta à une barrière magique invisible, un mur de force impénétrable, vraisemblablement maintenu par Valérius lui-même. Diane, dans un geste réflexe, décocha trois flèches qui se brisèrent contre cette même défense.

Althea, esprit stratégique du groupe, comprit aussitôt l'urgence : "Il faut briser cette barrière !" Ses mains s'animèrent en une danse rapide, tissant un sort pour dissiper la protection magique. Mais au moment où leur obstacle s'évaporait, la bataille sombra dans un tourbillon de chaos.

Le chevalier noir se jeta sur Diane avec une vitesse impressionnante pour un chevalier en armure, tandis que le rodeur se précipitait vers Mirela, visant à neutraliser le soutien vital du groupe. Althea, le cœur battant à tout rompre, analysait la situation avec une rapidité fulgurante, mais elle se sentait dépassée par l'évolution rapide des événements.

Dans un geste désespéré, Iris lança un cristal vers Valérius, hurlant un avertissement à Diane, et se précipita pour protéger Mirela du rôdeur. Diane, choisissant un acte sacrificiel, visa le mage plutôt que d'esquiver l'attaque imminente. La flèche, guidée par un esprit déterminé, trouva sa cible, réduisant le cristal en poudre et se logeant dans le bras de Valérius qui, libéré et blessé, vacilla et tomba. Le temps semblait suspendu, chaque geste marquant éternellement le cours de leur destin.

Celestia, telle une déesse de guerre, jaillit dans la mêlée. "Celui-ci est mien !" rugit-elle, affrontant le chevalier noir avec une fureur divine, sauvant Diane d'un sort fatal.

Althea, paralysée par l'intensité du combat, vit ses compagnons lutter avec bravoure. Iris, bien que gravement blessée en s'interposant, faisait face au rôdeur avec un courage sans faille. Celestia, dans une danse de fer et de feu, confrontait le chevalier noir.

Althea réalisa trop tard que Cassandra se levait de

son trône, ses yeux se plantant dans ceux de Diane. Dans un éclair de lucidité, Althea lança des cristaux en direction de la succube, entaillant sa peau. "Pathétique" cracha Cassandra avec dédain.

"Tu n'auras pas mon esprit" répliqua Althea, une lueur de défi dans les yeux.

Cassandra, révélant sa forme démoniaque, des ailes sombres déployées, répondit avec une voix qui était à la fois une caresse et une lame, "Nous ne sommes pas si différentes, toi et moi, sorcière..."

Althea, consumée par une fureur flamboyante, projeta une boule d'énergie, scintillante de lueurs cristallines, frappant Cassandra de plein fouet et la propulsant contre le mur. Ses attaques, fusionnant des nuances de pourpre et de violet, jaillissaient avec une intensité brûlante. "Je ne suis rien de ce que tu es, démon !" s'écria-t-elle, chaque salve de magie frappant sa cible avec une force implacable, révélant la profondeur de sa détermination et la puissance de sa magie.

La bataille atteignit son apogée, les coups s'abattant avec une force dévastatrice. Celestia vainquit le chevalier noir, tandis qu'Iris, malgré ses blessures, terrassa le rôdeur. Mais cette victoire avait un prix : Althea s'effondra, épuisée et meurtrie. Cassandra, indéchiffrable, s'échappa à travers un portail mystérieux, laissant derrière elle des mots qui résonnaient comme une sombre prophétie : "Ce que j'ai appris aujourd'hui vaut bien des défaites."

Le silence retomba sur la salle du trône, rempli de la lourdeur des sacrifices faits et des victoires amères. La bataille était finie, mais la guerre, la guerre continuait toujours dans les cœurs de ceux qui étaient restés debout.

Althea, dont les yeux scintillaient encore du dernier éclat de son pouvoir, s'écroula, vaincue par la fatigue et l'intensité de l'adrénaline retombée. La salle du trône, autrefois symbole de terreur et d'intrigue, se muait désormais en scène d'un triomphe poignant, quoique teinté de douleur. Chacun des membres de l'équipe avait joué un rôle déterminant dans le dénouement de ce conflit, illustrant un courage, une force et une détermination hors du commun.

ris, s'approchant d'Althea, son visage marqué par les stigmates de la bataille, murmura : "Nous avons réussi." Mais le prix de leur victoire se lisait dans ses yeux fatigués, révélant les profondeurs de leur combat intérieur. La Rose Noire avait affronté ses démons et avait tenu bon.

Diane, secouant la tête pour se débarrasser de l'emprise mentale de Cassandra, se précipita vers Mirela, maintenant inconsciente au sol. "Reste avec nous" supplia-t-elle, une larme de désespoir et d'espoir perlant au coin de ses yeux.

Celestia, ayant terrassé le chevalier noir, se tourna vers ses compagnons, son armure dorée ternie par la poussière et le sang. "Et maintenant ?" interrogea-t-elle, son regard se fixant sur Althea, maintenant inanimée.

Iris, ses propres blessures semblant se refermer comme par magie, répondit d'une voix chargée de résolution : "Va chercher des nouvelles d'Ukrolm. Nous avons besoin de lui pour transporter les blessés !" Sa voix, ferme malgré la fatigue, portait un ordre clair et une détermination inébranlable.

* * *

CHAPITRE 14: EPILOGUE

Après La Tempête

Quand Althea reprit connaissance, elle fut accueillie par les visages familiers de Mirela, Iris et Valérius, un sentiment de soulagement et de joie l'envahissant. S'asseyant doucement, elle demanda d'une voix encore faible, "Diane ?"

Valérius, rassurant, répondit : "Elle est au palais. Elle gère la transition du pouvoir avec l'aide de Ruby, qui lui apporte sa connaissance de la ville. Celestia assure sa protection." Il marqua une pause, ajoutant d'un ton grave, "Les ravages de Cassandra sont profonds, certains même invisibles. J'ai demandé l'aide de prêtres et de mages pour soutenir Diane dans cette tâche."

Inquiète, Althea demanda alors : "Et Ukrolm ?" Iris, avec un sourire rassurant, lui assura : "Il se repose. Nous l'avons trouvé épuisé, mais ses blessures guérissent rapidement. Il est résistant, notre colosse."

Althea, pensant à Iris, s'enquit : "Et toi, Iris ? Tu étais gravement blessée..." Iris, avec un brin de mystère dans la voix, confia : "C'est étrange. Au moment où tu as vaincu la succube, mes blessures ont commencé à guérir. Peut-être est-ce grâce à la magie de Mirela ?"

Althea, avec un regard pénétrant, révéla: "Non, c'est ta magie, Iris. Le diadème que tu portais au marais m'a permis de découvrir que tu possèdes un potentiel en magie de lumière. Tes blessures ont réveillé ce que j'appelle désormais les 'Arcanes de la Rose Noire', l'assassin de lumière."

Valérius, se levant, suggéra : "Maintenant que tu es rétablie, rejoignons la salle de banquet du palais. Un festin est prévu en notre honneur."

Arrivés au banquet, tous furent éblouis par la splendeur de Diane. Vêtue de son atour princier, elle irradiait une beauté éblouissante, sa chevelure dorée tombant en ondulations parfaites, reflétant la lumière comme si des fils de soleil étaient tissés à travers ses boucles. Elle évoquait l'image d'une reine bienveillante et majestueuse, sa présence lumineuse contrastant avec les ténèbres de Cassandra, incarnant ainsi l'autre facette de la beauté - celle qui libère et élève l'esprit.

Autour des tables ornées avec faste, la salle résonnait d'une ambiance à la fois grave et légère. Les hôtes partageaient leurs épopées récentes, leurs voix mêlant les éclats de rire aux souvenirs des dangers surmontés, le tout en dégustant les mets exquis dressés pour la célébration. Mirela, présence discrète mais attentive, n'était pas encore guérie de ses blessures. Pourtant, elle prêtait une oreille bienveillante aux récits de chacun, son visage s'éclairant d'un sourire empreint de douceur et de résilience.

Iris, compagne de bataille assise près d'Althea, contemplait en silence la métamorphose de Diane. La princesse, autrefois énigmatique et distante, se tenait maintenant devant eux comme un symbole d'espoir et de renaissance. Son allure naturelle, son aura de noblesse, commandaient l'admiration de tous. Même Althea, connue pour sa retenue, se trouvait émue par la majesté tranquille qui émanait de Diane, une aura de grandeur qui touchait le cœur de ceux qui la contemplaient.

La soirée se déroula sous le signe de la camaraderie et de l'espoir renouvelé. Chaque rire, chaque échange, renforçait les liens tissés durant leur périple. La joie de la victoire était tempérée par la conscience des épreuves passées et des défis à venir.

Alors que la nuit avançait, Valérius prit la parole. Sa voix, grave et réconfortante, captiva l'assistance. "Ce soir, nous célébrons non seulement une victoire, mais aussi le courage, la ténacité et l'unité. Notre lutte contre les forces des ténèbres est loin d'être terminée, mais ensemble, nous avons prouvé que la lumière peut triompher."

Le festin se termina par un toast solennel à l'avenir. Chaque membre du groupe, conscient du chemin parcouru et des batailles à venir, se sentait revigoré par l'esprit de fraternité et la détermination commune. La nuit se conclut sur une note d'espoir, chacun sachant que, malgré les incertitudes, ils étaient désormais liés par un destin commun et une cause plus grande qu'eux-mêmes.

* * *

Les Méandres De La Vérité

Le jour suivant fut consacré aux révélations et aux énigmes nouvelles.

Lorsque Iris dévoila à Valérius les énigmatiques paroles de la prêtresse de Valoria, l'ombre d'une inquiétude traversa son visage. Les implications de cette révélation – Iris comme possible seconde fille d'Éliora, la sœur de Mirela – faisaient resurgir un flot d'émotions et de souvenirs. Un silence lourd s'installa, tandis que Valérius, submergé par le passé, cherchait ses mots avec prudence.

"Il est essentiel que je vérifie tes origines avant de dévoiler ce que je sais", dit Valérius, sa voix trahissant une hésitation mêlée d'espoir. "Une affirmation si lourde de conséquences ne peut être faite à la légère. Elle pourrait à jamais changer le cours de ta vie, ainsi que celle d'autres personnes..."

Se levant, Valérius s'approcha d'Iris. Son regard, intense et scrutateur, semblait chercher dans les traits d'Iris l'ombre d'Éliora. "Ta ressemblance avec elle est frappante. Elle était une amie précieuse, et si tu es sa fille... cela éveille en moi une vague d'émotions que je pensais apaisées."

Un silence contemplatif s'ensuivit, Valérius semblant dialoguer avec ses pensées. "Je me dois de confirmer cette vérité par des preuves tangibles et des vérifications magiques", poursuivit-il. "Peux-tu me rappeler exactement ce que la prêtresse a dit à Valoria ? Chaque mot, chaque nuance pourrait être la clé."

Iris, saisissant l'importance de ses souvenirs, partagea fidèlement les paroles de la prêtresse, tandis que Valérius, absorbé, pesait le sens caché derrière chacun d'eux.

"Si cela se confirme, tu pourrais être la fille perdue d'Éliora, la sœur de Mirela. Néanmoins, je refuse de te bercer d'illusions ou de rouvrir des blessures anciennes sans preuves formelles. Surtout que Mirela ne sait rien de ses propres origines". Valérius posa une main bienveillante sur l'épaule d'Iris, son regard empreint d'une gravité empathique. "Je te promets de mettre au jour la vérité. Tu as le droit de connaître ta véritable histoire."

Submergée par les implications de ces révélations, Iris acquiesça silencieusement, trouvant un certain réconfort dans la détermination de Valérius. L'idée d'une famille retrouvée raviva une flamme d'espoir en elle, teintée d'une appréhension naturelle.

Valérius, retournant au près du reste du groupe, fit part de ses suppositions. "La présence du chevalier noir aux côtés de Cassandra indique clairement que Sarthax est impliqué. Et cela pointe inévitablement vers l'influence du nécromancien dans ces événements."

Il marqua une pause, pesant chaque mot. "Il est essentiel d'analyser les implications de cette alliance. Cassandra n'agirait pas en alliée de Sarthax sans y trouver son propre intérêt. Il y a certainement plus à découvrir sur leurs desseins mutuels."

"Ce qui signifie", poursuivit-il avec une gravité mesurée, "que la chute de Cassandra n'est qu'un seul chapitre clos. Le nécromancien, et Sarthax en particulier, demeurent des menaces imminentes. Notre vigilance ne doit pas faiblir ; la préparation est la clef pour affronter ce qui nous attend."

L'écho de ses mots se propagea parmi l'assemblée, renforçant la prise de conscience collective de la gravité et de la complexité de la situation. La défaite de Cassandra n'était qu'une étape, prélude à un conflit bien plus vaste, opposant les compagnons à des ennemis d'une puissance et d'une ruse redoutables.

C'est alors qu'Althea intervint, une détermination sans faille dans la voix, "Quel que soit le chemin qui nous attend, la suite de notre quête est évidente. Il nous faut libérer la Reine de Valoria d'une emprise néfaste et contrecarrer les complots du nécromancien et ses manigances destructrices."

L'assurance d'Althea, cristallisée dans le silence attentif de ses alliés, résonnait comme un appel aux armes, non pas pour la guerre, mais pour la préservation de l'équilibre du monde. "Les actes du nécromancien ont ébranlé les fondements mêmes de notre existence. Sa quête de pouvoir menace l'harmonie qui maintient nos royaumes en paix."

Elle balaya l'assemblée du regard, une lueur implacable brillant dans ses yeux. "Ce que nous avons accompli, l'union de nos forces face à Cassandra, est la preuve éclatante de notre potentiel. Il est à présent impératif de canaliser notre puissance collective pour défendre notre monde et déjouer les complots du nécromancien."

Son discours, imprégné d'une assurance contagieuse, insuffla une nouvelle vigueur au groupe. "Notre chemin ne sera pas aisé, c'est une certitude. Mais je suis convaincue qu'ensemble, rien ne pourra entraver notre marche vers la victoire." Les paroles d'Althea, chargées d'une confiance inébranlable, s'imprimèrent dans l'esprit de chacun, unifiés par une cause commune — celle de la justice et de la préservation de la paix.

* * *

Les Fantômes Du Passé

Sur les rives paisibles du Lac Blanc, l'enceinte sacrée du sanctuaire de Solis baignait dans une quiétude presque tangible. La grande prêtresse, silhouette de calme et de réconfort, contemplait les eaux miroitantes, un miroir parfait du ciel azur au-dessus. Les arbres bordant le lac se tenaient immobiles, comme en prière, et les chants des oiseaux tissaient une mélodie qui semblait célébrer l'harmonie de la nature.

Elle avança lentement sur le parvis, ses pieds nus effleurant le sol sacré avec respect, chaque pas une méditation, chaque respiration un remerciement silencieux à la vie. L'air était imprégné de l'essence des fleurs sauvages et de l'arôme subtil des herbes du jardin des prêtresses, un sanctuaire dans le sanctuaire où le temps semblait suspendu.

Dans cette enclave de sérénité, l'arrivée du faucon messager fut presque irréelle. L'oiseau, une manifestation de la volonté divine pour certains, fendit le ciel serein avec une grâce qui contrastait avec la lourdeur des nouvelles qu'il portait. Il se posa avec une délicatesse qui trahissait l'urgence de son vol.

Avec des gestes mesurés, la prêtresse déroula le message, ses yeux parcourant rapidement les lignes écrites d'une main familière. Le contenu du message était bref, mais lourd de sens :

> "La magie du chaos.
> Il faut qu'on parle.
> Valérius."

* * *

LES CHRONIQUES D'ELYSORIUM

"Les Chroniques d'Elysorium" est une série épique qui vous transporte au cœur d'un monde enchanté où magie et mythes s'entrelacent dans une fresque temporelle époustouflante. De la jungle envoûtante de Stellarae aux sommets enneigés de Frostend, des cités resplendissantes aux royaumes verdoyants, chaque lieu est un personnage en soi. Les protagonistes, de la mage puissante au guerrier intrépide, du paladin héroïque à l'assassin ténébreux, enrichissent cette tapestry vivante d'intrigues et de sagesses anciennes. Suivez les échos de la magie et les murmures des dieux dans une aventure où chaque fin marque un nouveau commencement épique.

Les Chroniques D'elysorium - La Théorie Du Chaos (Tome 2)

Plongez au cœur des arcanes dans ce second tome captivant. Entre science et sorcellerie, découvrez les origines de la magie du chaos et les mystères de l'entropie qui menacent l'équilibre d'Elysorium. Suivez Althea dans sa quête de vérité et découvrez si Iris pourra échapper aux ombres de son passé. [À paraître]

Les Chroniques D'elysorium - Le Feu Et La Foudre (Tome 3)

Dans ce troisième volet éblouissant, suivez les pas d'Iridia Skyfury et Hestia Carmina, deux mages dont les pouvoirs légendaires façonnent le destin d'Elysorium. Lorsque le feu céleste rencontre la foudre divine, une alliance improbable se forme pour affronter une menace qui pourrait engloutir leur monde dans les flammes du chaos. [À paraître]

Les Chroniques D'elysorium - Les Sables De L'oubli (Tome 4)

Pénétrez dans le désert de Tokamak, où les sables de l'oubli murmurent des légendes effacées par le temps. Découvrez les mystères enfouis sous les dunes implacables, où les souvenirs se mêlent aux mirages. [À paraître]

Made in the USA
Las Vegas, NV
27 January 2024